우리별

우리별
わが星

시바 유키오

이홍이 옮김
신동철 그림

〈우리별〉 한국 공연은 창작집단LAS 제작으로 2017년 1월 19일부터 22일까지 동숭아트센터 동숭소극장에서 초연된 이래, 2018년 9월 6일부터 16일까지 한양레퍼토리씨어터에서, 2019년 11월 8일부터 17일까지 CKL스테이지에서 재공연되었다. 한국 초·재연의 창작진 및 출연 배우는 다음과 같다.

작	시바 유키오
번역	이홍이
각색/연출	신명민
음악감독	최혜원
무대디자인	김다정
조명디자인	정유석
의상디자인	오현희
분장디자인	이지연
안무	손지민
음향디자인	이원만(2018)
음향감독	이단비(2018), 박재식(2019)
영상/그래픽	EASThug
사진	박일호(IRO)
무대감독	이효
조연출	유순미(2017), 김선빈(2018, 2019)
프로듀서	정하린(2017, 2019), 임예지(2018)
영상 오퍼레이터	김상완(2017, 2018, 2019), 이정주(2018)
음향 오퍼레이터	김진선(2019)
후원	서울특별시 서울문화재단(2017, 2018)
	한국문화예술위원회(2018), 한국콘텐츠진흥원(2019)
제작	창작집단LAS

캐스트

지구	김희정(윤슬)
언니	조하나
아빠	박기덕(2017), 이승헌(2018, 2019)
엄마	김수아(2017), 채연정(2018, 2019)
할머니	이새롬
달님	허진(2017), 최민경(강나리)(2018), 한수림(2019)
선생님	임영우
남자	조용경(2017), 김방언(2018, 2019)

작가의 말

〈우리별〉은 2009년 미타카三鷹시 예술문화센터 별의
홀에서 태어났습니다. 2011년 대지진의 혼란이 채 끝나지
도 않았을 무렵, 〈우리별〉은 일본의 곳곳으로 여행을 떠났
습니다. 그리고 2015년 세 번째 공연을 했습니다. 마치 밤
하늘을 순회하는 별처럼 이 극장으로 다시 돌아왔습니다.

6년이라는 시간이 흐르는 동안 우리는 어떻게 변했을
까요? 새롭게 탄생한 것, 사라져버린 것, 둘 다 많겠죠. 〈우
리별〉은 이 두 가지 모두를 그린 작품입니다. 〈우리별〉은 이
모두를 동시에 그린 작품입니다.

〈우리별〉과 우리는 지금 이 모두를 동시에 체험하고
있는 존재들입니다.

무대는 어느 소녀의 생일밤, 이야기는 낮은 밥상과 우
주를 오가고, 타임시그널은 끊임없이 극장을 감싸며, 대사

는 연극과 음악 사이를 떠다닙니다. 인간과 행성, 가족과 태양계, 아파트 단지와 별자리, 우리와 우리를 에워싼 모든 것들, 그리고 이 모두를 멀리, 아득히 먼 곳에서 바라보는 한 소년.

올해는 편안하게, 마치 천체관측하듯 그 별을 지켜볼 수 있으면 좋겠습니다.

그리고 별은 여름에 섬으로 여행을 떠나듯 움직이겠죠. 다음 공전주기가 돌아오는 건 언제일까요?

한국 공연에 부쳐

〈우리별〉은 지구를 어느 평범한 소녀에 빗대어, 태양계부터 우주 끝까지의 광활한 거리와, 지구가 소멸하기까지 걸리는 50억 년이라는 가늠할 수도 없는 시간을 그리고자 했던 무모한 연극입니다.

〈우리별〉을 처음 만든 건 2009년으로, 손턴 와일더의 희곡 〈우리 읍내〉에서 착상을 얻었습니다. 손턴 와일더가 지금도 살아 있다면 '행성'에 대한 작품을 쓰지 않을까 하는 상상을 했고, 그렇게 〈우리별〉이 탄생했습니다. 또 언젠가는 제가 좋아하는 랩을 연극에 넣어 새로운 음악극을 만들고 싶다는 꿈도 있었습니다.

우주와 음악, 이 두 개의 꿈을 이어준 것이 타임시그널이었습니다. 행성도, 사람도, 이 우주 안에 있는 누구라도, 무엇이라도, 모두 다 시간이라는 음악 위에서 살고 있으니까요.

저는 제 작품을 되도록 자유롭게 마음껏 공연해주시기를 바랍니다. 우주, 타임시그널, 랩, 음악, 가족. 이런 요소들이 다른 나라, 다른 극장에서는 어떻게 울려 퍼질까요?

차례

등장인물

나	나(이름은 '지구')
언	지구의 언니
엄	지구의 엄마
아	지구의 아빠
할	지구의 할머니
달	지구의 친구
선	선생님
남	남자
전	전원
외	직전에 말한 사람 외 전원
가족	나＋언니＋엄마＋아빠＋할머니

무대

무대에 하얗고 반듯한 원. 혹은 구.
입체여도 좋고, 평면이어도 좋다. 거대한 원이 무대가 된다.
지구를 연상시키는 푸른색보다 무언가 다른 색이 좋을지도
모르겠다.
원의 주변은 우주가 된다.
객석은 우주이며, 밤하늘의 별이 보이듯 이 무대가 보인다.
주된 연기 구역은 원의 안과 원주 둘레 그리고 배우가 대기하
는 객석이다.
하우스 오픈 중에는 아직 원이 가려져 있어 보이지 않는다.
공연 시작.

음악

이 작품은 쿠치로로(口ㅁㅁ)의 '00:00:00'라는 노래와 함께
탄생했습니다.
노래를 들으면서 읽으면 한층 더 재미있게 읽으실 수 있습니다.

표기 일러두기
- CI(cut in): 갑자기 밝아진다, 갑자기 소리가 난다
- CO(cut out): 갑자기 어두워진다, 갑자기 소리가 사라진다
- CC(cut change): 갑자기 변한다
- FI(fade in): 서서히 밝아진다, 서서히 소리가 난다
- FO(fade out): 서서히 어두워진다, 서서히 소리가 사라진다

일러두기
- '랩'형식의 연극으로 본문에 고딕체는 라임을 살린 것이다.
- 모든 각주는 옮긴이 주다.

0. 오프닝

스태프   오늘 〈우리별〉을 보러 와주셔서 대단히 감사
          합니다. 공연에 방해가 될 수 있는 휴대폰은
          반드시 전원을 꺼주시기 바랍니다. (기타 주
          의 사항을 전달한다.) 이제 곧 공연이 시작됩
          니다. 지금부터 약 4초 후에 조명이 꺼질 예정
          입니다. 양해 부탁드립니다. 4, 3, 2,

객석등 CO. 암전.

스태프   저희 공연의 러닝타임은 약 80분 입니다. 중
          간에 4초간 쉬는 시간이 있습니다. 마지막까
          지 좋은 시간 보내시길 바랍니다. 그럼 지금
          부터 약 4초 후에 공연을 시작하겠습니다. 4,
          3, 2,

1. 빅뱅

심장소리 CI.

어둠 속에서,

아/엄/할/언   0년

선/남/나/달   0시

아/엄/할/언   0분

선/남/나/달   0초

엄마   정각을 알려드리지 않겠습니다.

언니   안 알려준다고?

엄마   알려줄 방법이 없잖아.

나   왜?

엄마   시간이 없으니까.

아빠   없으면 별 수 없지.

할머니   별도 없으니까.

나	너무 어둡지 않아?
달	빛도 없으니까.
나	아무것도 없네.
선생님	아무도 없으니까.

심장소리 CO. 8박=4초, 사이. 심장소리 CI.

나	재미없어.
남자	재미도 없으니까.
나	우리 놀자.
언니	뭐 하고?
달	안 내면 술래.
엄마	술래도 없으니까.
나	으앙.
선생님	안 내면 무.
외	어?
선생님	없을 무無.

심장소리 CO. 8박=4초, 사이. 심장소리 CI.

아/엄/언	아-
아빠	무는 있었네.
나	그럼, 시-작.

전   안 내면 무(무), 빅뱅(빅뱅).

4초 타임시그널(시보)이 울린다.

타임시그널 삐, 삐, 삐, 삐이-

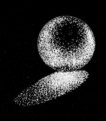

2. 우주 탄생

조명 CI.

무대중앙에 큰 원이 등장해 있다.

타임시그널&비트 CI.

이하 특별히 언급하지 않는 한 마지막까지 타임시그널은 계
속 울린다.

전원, 원 밖으로 비트에 맞춰 원주를 걸으면서,

아/엄/할/언   0년

선/남/나/달   0시

아/엄/할/언   0분

선/남/나/달   0초

엄마   정각을 알려드리겠습니다.

아/엄   생일 축하해!

외   축하해! 어, 누구?(누구 생일이야?)

나	시간		
언니	공간		
달	희망		
할머니	실망		
선생님	목소리		
남자	안 들려		
아/엄	생명		
나/언	우리		
전	해피 버스데이 투 미		
나	세계		
언니	한계		
달	관계		
할머니	붕괴		
선생님	만남		
남자	다툼		
아/엄	여행		
나/언	우리		
전	해피 버스데이 투 미		
나	빛		
언니	어둠		
달	소망		
할머니	고통		
선생님	메아리		

남자	침묵
아/엄	마을✦
나/언	우리
전	해피 버스데이 투 미
아/엄/선/할 탄생	
나/언/달/남 도쿄	
아/엄/선/할 축하해요	
나/언/달/남 도쿄	
아/엄/선/할 탄생	
나/언/달/남 도쿄	
아/엄/선/할 축하해요	
나/언/달/남 도쿄	

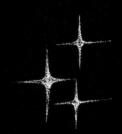

비트 CO. 전원 스톱.

아/엄   다음 역은 도쿄, 도쿄, 내리실 때 주의하시기
바랍니다.

비트 CI. 전원, 다시 걷기 시작한다.

✦ 원작의 코마치小町는 작은 마을이라는 의미도 있지만, 미녀 또는 노
파 가면이라는 뜻도 있으며, 신칸센 열차 이름이기도 하다.

나	우에노
언니	이케부쿠로
달	신주쿠
할머니	시부야
선생님	고탄다
남자	시나가와
아/엄	타마치
나/언	오카치마치*
전	해피 버스데이 투 미
선/남	이것이 우주의 시작입니다. 지금부터 약,
선생님	137억 년 전 (동시에)
남자	137초 전 (동시에)
선/남	우주는 이렇게 태어났습니다.

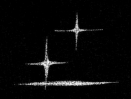

✦ 모두 서울의 2호선 전철역처럼 도쿄 중심을 순환하는 야마노테선
의 역 이름들이다.

3. 휴대폰

휴대폰&비브라폰 소리 CI.

엄마   운행 중에는

언니   공연 중에는

엄/언   휴대폰 전원을 꺼주시기 바랍니다.

휴대폰&비브라폰 소리 CO.

아/나/달/남 아아, 죄송해요. 여보세요?

엄/언/할/선 받는 거야? 여보세요.

아/나/달/남 처음 뵙겠습니다.

엄/언/할/선 처음 뵙겠습니다.

아/나/달/남 들려요?

엄/언/할/선 들려요.

아/나/달/남   태어났어요?
엄/언/할/선   태어났어요.
아/나/달/남   태어난 거예요?
엄/언/할/선   태어난 거예요.
아/나/달/남   태어났군요!

비트 전조. 아빠와 선생님 원 안으로. 이하 대사.

아빠   태어났군요, 선생님!
선생님   네, 무사히 태어났습니다. 엄마, 아기 모두 건
            강합니다.
아빠   다행이다.
선생님   건강한 여자아이예요.
아빠   여보세요.

아빠와 선생님, 원 밖으로. 할머니와 언니, 원 안으로.

할머니   네.
아빠   들려요?
할머니   들려요.
아빠   태어났어요.
할머니   그래, 잘했다.
언니   할머니, 좀 바꿔줘.

24

아빠	건강한 여자아이래요.
언니	뭐래? 뭐래? 딸이래?
할머니	그렇대.
언니	신난다!

할머니와 언니, 원 밖으로.
비트 복귀.

나	저기,
엄마	왜?
나	이거, 나 태어났을 때야?
엄마	맞아.
나	기억나.
엄마	쭉 보고 있었구나.
나	보였어.
엄마	쭉 듣고 있었구나.
나	들렸어.
외	들려요?
나	들려요.
외	태어났어요?
나	태어났어요.
외	축하해요.
나	고마워요.

선생님   수술 중에는 휴대폰 전원을 꺼주시기 바랍
           니다.

비트 전조.

나   기억나. 전부 기억나.
           처음 태어났던 거.
           처음 울었던 거.
           처음 불타오른 거.
           처음 죽었던 거.
외   기억나. 전부 기억나.
나   알고 있었어?
외   알고 있었지.
나   어떻게?
외   쭉 보고 있었으니까.
나   쭉 보고 있었구나.
남자   100   년을 (동시에)
선생님   100억 년을 (동시에)
외   쭉 보고 있었으니까.
나   쭉 보고 있어줬구나.

비트 복귀.

4. 아파트 단지

엄/할	하얀 커튼 **천**
아/언	**천**장의 얼룩
남/선	**밥상**
엄/할	부엌
언니	물소리
나	노트
남자	교과서
언니	책가방
나	도시락**통**
달	**통**필**통**
선생님	**통**약**통**
할머니	**통**바느질**통**
전	**통**
엄마	하고 열리는 냉장고 문

언니	에는 오늘의 식단
나	스티커
선생님	자석
전	힝-
남자	구부러진 철근
아빠	콘크리트 10층짜리 아파트 단지
나	많이 있었어
달	많이들 있었지
나	많이 살았어
달	많이 죽었지
나	단무지 절임
아빠	쌀밥에 된장국
할머니	낫토
언니	말린 정어리
엄마	알람 시계

비트 전조. 엄마와 언니, 원 안으로.

엄마   잘 맞춰놓고 자라고 했지.

언니   잘 맞춰놨는데 안 울린 거야.

엄마   왜?

언니   나도 몰라. 니가 껐지?

나   아니야.

언니	왜 안 깨워줬어?
엄마	니가 일어나야지.
언니	나 진짜 맞춰놨단 말이야, 알람 시계.

엄마와 언니, 원 밖으로.
비트 복귀.

엄마	알람 시계
할머니	빗자루
전	경보기
아빠	귀이개
선생님	손톱깎이
남자	병따개
엄마	밥통
할머니	세탁기
아빠	식기
언니	건조기
나/딸	3시의 간식은 핫케이크
전	경보기✦
언니	소리가 **들린다**
아빠	**들려오는 목소리가 들린**다

✦ 일본어로는 '케이크'와 '경보기[케이호키]'의 발음이 겹치게 되어 있다.

29

엄마	들려오는 아마기 고개*가 들리다
전	사라진다
할머니	산이 **타오른다**
언니	**타오르는** 바다가 **타오른다**
아빠	**타오르는** 숲이 **타오른다**
선생님	**타오르는** 별이 **타오른다**
남자	**타오르는** 니가 불타올라
전	사라진다
남자	타오르는 별빛이 **불에 탄다**
엄마	**불에 타는** 쓰레기 버리는 날
언니	일
아빠	월
나	화
남자	수
할머니	목
엄마	금
선생님	토
달	일

✦ 시즈오카현 이즈시와 카모군 카와즈초 경계에 있는 고개 이름. 일본어로 '소리'와 '고개'의 발음이 같아 라임을 맞추기 위해 사용되었다고 볼 수 있지만, 엔카 가수 이시카와 사유리의 노래 제목으로도 잘 알려져 있어 '들리다'라는 동사와 함께 쓸 수 있다. 마쓰모토 세이초를 비롯한 소설가들이 단편소설 제목으로 쓰기도 했다.

언니   월
아빠   화
나   수
남자   목
할머니   금
엄마   토
선생님   일
달   월
언니   화
아빠   수
나   목
남자   금
할머니   토
엄마   일
선생님   월
달   화

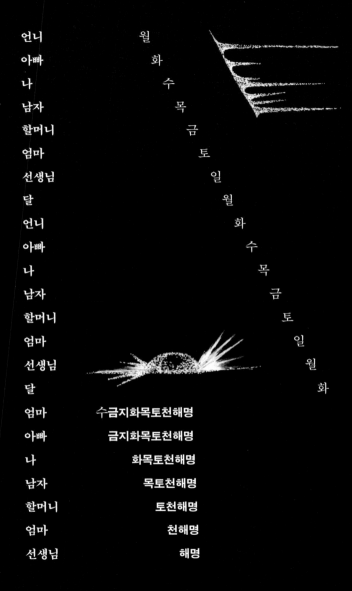

엄마   **수금지화목토천해명**
아빠   **금지화목토천해명**
나   **화목토천해명**
남자   **목토천해명**
할머니   **토천해명**
엄마   **천해명**
선생님   **해명**

달	명

비트 CO. 아빠부터 한 사람씩 손으로 박자를 만든다.

아빠	출퇴근 지하철 특급열차 급행열차
엄마	밥하고 빨래하고 집안일 살림살이
언니	추천 입학 내신 등급
할머니	신경 천식 류머티즘 폐렴
달	스위밍 스쿨 10급 확정
선생님	추정 출화 원인 판명
남자	유성 낙하 시간 근접

비트 복귀.

아/할	돌고 돌아
달/언	빙글빙글 돌아
선/남	돈다
나/엄	눈이 팽글팽글
아/할	돌고 도는 날들
달/언	빙글빙글 돈다
아/할/남	돌리고 돌려
나/언/엄	회전목마

비트 전조. 아빠와 엄마와 언니, 원 안으로.

나	있지?
아빠	있어. 있어.
나	엄마, 샌드위치 했어?
엄마	언니야…
언니	…
아빠	왜?
엄마	가기 싫대.
아빠	어?
나	아이참, 엄마, 샌드위치.
엄마	만들어놨어.
나	신난다!
언니	됐어. 나 집에 있을래.
아빠	뭐가 불만이야?
언니	언제 불만 있대?
엄마	창피한 거야, 다 같이 가는 게.
아빠	왜?
나	언니도 같이 가자.
언니	난 친구랑 놀다 올게.
아빠	너,
나	언니, 같이 회전목마 타자. 그리고 제트 코스터, 빙글빙글 커피잔, 관람차,

| 아빠 | 그거 다 탔다간, |

아빠와 엄마와 언니, 원 밖으로.
비트 복귀.

아/할/선/남	눈이 핑핑 돌아
달/언/나/엄	눈이 안 떠져
아/할/선/남	눈이 지끈거려
달/언/나/엄	눈을 뜬다
전	눈을 뜬다
아/엄	굿 모닝
언/할	굿 애프터눈
선/달	굿 이브닝
나/남	잘 먹겠습니다
아/엄	잘 먹었습니다
언/할	다녀오겠습니다
선/달	잘 다녀오세요
나/남	처음 뵙겠습니다
아/엄	안녕히 계세요
언/할	다녀왔습니다
선/달	어서 와
나/남	잘 자
전	돈다

아/할/선/남　24 곱하기 7

엄/언/나/달　　　　　곱하기 365 나누기 7

아/할　　　돌고 돌아

달/언　　　　　빙글빙글 돌아

선/남　　　　　　　　돈다

나/엄　　　눈이 팽글팽글

아/할　　　　한 장 한 장 찢기는 달력

달/언　　　　　　　　　빙빙 돈다

아/할/남　　　　　　　　　돌리고 돌려

나/언/엄　　　　　　　　　회전목마

아/할/선/남　눈이 팽팽 돌아

달/언/나/엄　　　눈이 안 떠져

아/할/선/남　　　　　눈이 지끈거려

달/언/나/엄　　　　　　　눈을 뜬다

전　　　　　　　　　　　눈을 뜬다

비트, 변화. 베이스 FI.

나　　　　잠에서 깬 나는 살며시 손을 쥔다. (쥔다.)
　　　　　눈을 뜨면 어슴푸레한 방이 보인다. (보인다.)
　　　　　일어나 창가로 가 커튼을 연다. (열면,)
　　　　　하늘 가득 새하얀 태양이 눈부시게 빛나고 있
　　　　　다. (빛나고 있다.)

부엌에서 엄마가 날 부르고 있다. (부르고 있다.)
방금 전에 꾼 꿈을 잠깐 동안 떠올린다. (떠올린다.)
문을 열고 걸어 나간다.
가족들의 말소리가 들린다.
언제나 변하지 않는 풍경이, 거기 있다.

비트 복귀.

엄/할	검은 커튼 **천**		
아/언		**천**장의 연기	
남/선		**밥상**	
엄/할		만찬	
언니			물소리
나	노트		
남자	교과서		
언니	책가방		
나		도시락**통**	
달		**통**필**통**	
선생님		**통**약**통**	
할머니			**통**구급상자**통**
전			**통**
엄마			하고 열리는 냉장고 문

언니	에는 오늘의 식단	
나	스티커	
선생님	자석	
전	횡-	
남자	구부러진 철근	
아빠	콘크리트 10층짜리 아파트 단지	
나	많이 있었어	
달	많이 놀았지	
나	많이들 있었어	
달	많이들 사라졌지	
나	데운 술에 완두콩	
아빠	오징어구이 문어구이	
할머니	볶음밥	
언니	볶음국수	
엄마	닭꼬치	
선생님	쓰레받기	
달	고등어구이	
할머니	빗자루	
전	경보기	
아빠	소화기	
선생님	손가락 걸기	
남자	링거	
엄마	세면대	

할머니	혈액
아빠	청소기
언니	장례식
나/달	3시의 간식은 핫케이크
전	경보기
언니	소리가 **사라진다**
아빠	**사라지**는 목소리가 **사라진다**
엄마	**사라지**는 아마기 고개가 사라진다
전	사라진다
할머니	산이 **사라진다**
언니	**사라진** 바다가 **사라진다**
아빠	**사라진** 숲이 **사라진다**
선생님	**사라진** 별이 **사라진다**
남자	**사라진** 니가 **사라진다**
전	사라진다
남자	사라진 별빛이 **돌고** 돈다
엄마	**돌고** 도는 세월
언니	일
아빠	월
나	화
남자	수
할머니	목
엄마	금

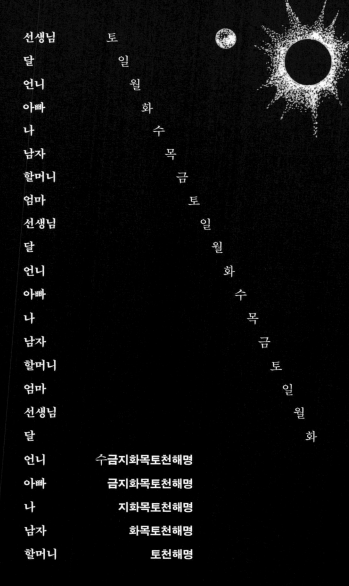

선생님	토									
달		일								
언니			월							
아빠				화						
나					수					
남자						목				
할머니							금			
엄마								토		
선생님									일	
달										월
언니										화
아빠										수
나										목
남자										금
할머니										토
엄마										일
선생님										월
달										화

언니　　　수**금지화목토천해명**

아빠　　　**금지화목토천해명**

나　　　　**지화목토천해명**

남자　　　**화목토천해명**

할머니　　**토천해명**

엄마	천해명
선생님	해명
달	명

드럼 CO. 한 사람씩 손으로 박자를 만든다.

아빠	물 폭탄 원자폭탄 전쟁 개시
엄마	수자원 고갈 유전 고갈
언니	세균 바이러스 확대 만연
할머니	심근 경색 질병 발생
달	혜성 충돌 붕괴 문명
전	인류 전멸 절대 절명
선생님	수금 증발 태양 팽창
전	생명 전멸 절대 절명
남자	흑성 사라진다, 빛의 세계로

베이스 CO. 타임시그널만 남는다.

나, 원 안으로.

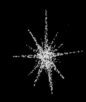

나	엄마, 나 깼어.

엄마, 원 안으로.

엄마	잘 잤어? 왜 그래?
나	나 꿈 꿨어.
엄마	꿈?
나	응.
엄마	무슨 꿈?
나	그게… 잊어버렸어.
엄마	뭐야. 얼른 아침 먹어.
나	네~!

엄마, 원 밖으로.

나	저기…

전자피아노 CI.

전	왜?
나	이거, 나 죽을 때 얘기야?
전	맞아.
나	응, 기억나.
엄마	쭉 보고 있었구나.
나	보였어. 불타버리지?
전	타버려.
나	사라지지?

41

전	사라져.
나	저기,
전	왜?
나	…손 잡아도 돼?

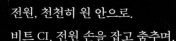

전원, 천천히 원 안으로.
비트 CI. 전원 손을 잡고 춤추며,

여자 전원	죽어가는 내가 보고 있는 거야?
남자 전원	응.
여자 전원	보고 있는 내가 태어나는 거야?
남자 전원	응.
여자 전원	태어나는 내가 보고 있는 거야?
남자 전원	응.
여자 전원	보고 있는 내가 죽어가는 거야?
남자 전원	응.
여자 전원	죽어가는 내가 태어나는 거야?
남자 전원	응.
나	죽어가는 내가 **보고 있는** 거야?
언니	**보고 있는** 내가 **태어나는** 거야?
달	**태어나는** 내가 **보고 있는** 거야?
엄마	**보고 있는** 내가 **죽어가는** 거야?
나	**죽어가는** 내가 태어나는 거야?

| 아/엄 | 생일 축하해! |
| 외 | 축하해! 어, 누구? (누구 생일이야?) |

전자피아노 C.O.

나	시간
언니	공간
달	희망
할머니	실망
선생님	목소리
남자	안 들려
아/엄	생명
달/언	우리
나	세계
언니	한계
달	관계
할머니	붕괴
선생님	만남
남자	다툼
아/엄	여행
달/언	우리
나	빛
언니	어둠

달	소망

달　　　　　　소망
할머니　　　　고통
선생님　　　　메아리
남자　　　　　침묵
아/엄　　　　　마을
달/언　　　　　　우리
아/엄/선/할　멸망
나/언/달/남　도쿄
아/엄/선/할　　축하해요
나/언/달/남　　　도쿄
아/엄/선/할　멸망
나/언/달/남　도쿄
아/엄/선/할　　축하해요
나/언/달/남　　　도쿄
아/엄　　　여기는 종점, 도쿄, 도쿄, 내리실 때에는 주의
　　　　　하시기 바랍니다.
나　　　　우에노
언니　　　　이케부쿠로
달　　　　　신주쿠
할머니　　　　시부야
선생님　　　　　고탄다
남자　　　　　　시나가와
아/엄　　　　　　타마치

44

나/언　　　　　　　　　　　오카치마치

전　　　　　　　　　해피 버스데이 투 미

전원 스톱. 비트 CO.

5. 별의 춤(테르미누스)

타임시그널만 들린다.

선생님　　(차분하게, 객석을 향해) …그리고 지금도 우
　　　　　　주는 계속 커지고 있습니다.
　　　　　　그 속도는 1메가파섹 당 초속 70킬로미터.

전원, 의자 뺏기 게임을 하는 것처럼 사방팔방 객석으로 뛰
어가 앉는다.

엄마　　　100억 년 전에 스타✦~트한 이 이야기도 이것
　　　　　　으로 끝입니다. 오늘 저희 마마고토의 〈우리
　　　　　　별〉을 보러 와주셔서 대단히 감사드립니다.

✦ 제목 〈우리별〉의 '별star'을 강조하기 위한 것.

외	감사합니다.
엄마	100억 년, 진짜로 그만큼 보여드리면 다 못 보시니까, 시간 관계상 100초로 줄여봤습니다. 그럼 지금까지 보신 내용을 한 시간으로 늘려서 보여드리겠습니다.
아빠	어, 늘리다니? 그렇게 말하면 안 되는 거 아냐?
엄마	왜?
아빠	원래는 100억 넌이니까 줄이는 거 아냐?
엄마	그래도 방금 100초로 했으니까 그걸 다시 늘리는 거잖아.
할머니	그 늘린다는 말이 안 좋아.
언니	근데 100초도 아니었잖아, 지금 한 거.
나	훨씬 길었어.
달	응.
엄마	알았어요. 그럼 지금 보여드린 내용을 1년으로 줄여서 보여드리겠습니다.
외	아니지. 아니지.
엄마	왜?
할머니	1년이라니, 다들 난처해하시잖아.
엄마	왜요. 큰맘 먹고 줄인 건데.
아빠	왜 화를 내?
엄마	그럼 지금 보여드린 내용을 적당히 줄였다 늘렸다 해서 보여드리겠습니다.

여자 전원	그리고 이야기는 1만 년 후
남자 전원	그리고 이야기는 1만 광년 너머로
나/달	가기 전에
전	4초간 휴식!

타임시그널 외, 딱 4초간 하우스 오픈 때의 상태로 돌아간다.

6. 망원경

4초 후. 조명, 남자 스포트 CI, 선생님 스포트 CI.
두 사람의 스포트라이트는 색과 모양이 조금 다르다.
남자는 망원경을 들여다보고, 선생님은 가만히 서 있다.
남자와 선생님은 서로 떨어진 객석에 있다.
처음에 남자를 연기한 배우를 A, 선생님을 연기한 배우를 B
라고 하겠다.

남자(A)	(선생님을 발견하고) 선생님!
선생님(B)	그래.
남(A)	언제부터 거기 계셨어요?
선(B)	아까부터 있었지.
남(A)	아까부터요?
선(B)	니가 있었을 때부터 나도 있었어.
남(A)	아…

선(B)	옥상은 출입 금지야.
남(A)	죄송합니다.
선(B)	넌 규칙을 어겼어.
남(A)	규칙은 절대적인 거예요?
선(B)	절대적이지.
남(A)	그럼 선생님은요?
선(B)	선생님은 규칙을 초월했거든.
남(A)	초월했다고요? 규칙을요?
선(B)	그래.
남(A)	와!
선(B)	너도 곧 규칙을 초월하게 될 거야.
남(A)	아…
선(B)	요샌 해가 빨리 지네.
남(A)	그러게요.
선(B)	감기 걸려.
남(A)	괜찮아요.
선(B)	너 말고, 내가 감기 걸린다고.
전	에취.

재채기에 맞춰 단발적인 베이스 드럼, CI.

배우 A와 B, 배역을 바꾼다. 즉, 남자=B, 선생님=A.

거기에 맞춰 남자 스포트와 선생님 스포트, CC.

이하, 32박=16초마다 배역을 교대. 단발적인 베이스 드럼,

CI. 조명, CC.

선(A)	거봐, 감기 걸렸잖아.
남(B)	네.
선(A)	조심해. 너 혼자만의 몸이 아니야.
남(B)	그게 아니라요, 선생님, 보세요!
선(A)	보고 있었어, 쭉.
남(B)	아니, 저 말고요, 보세요, 저기.
선(A)	(본다.)
남(B)	별이 있어요.
선(A)	있었지.
남(B)	북극성 오른쪽 비스듬히 위로, 별이 보여요.
선(A)	그런데 별 지도를 다 확인해봐도 거기에 별은,

단발적인 베이스 드럼 CI. 조명 CC.
배역 변경(남자=A, 선생님=B).

남(A)	없어요.
선(B)	없었지.
남(A)	그럼, 저건 뭐예요?
선(B)	저건 뭐였을까?
남(A)	선생님, 혹시, 혹시 저건 새로운 별이 아닐까요?

선(B)	그건 아니지.
남(A)	(듣지 않는다.) 맞아. 새로운 별이야! 내가 발견했어! 세계 최초로 내가 발견한 별, 저 별에 이름을 지어줄 거예요. 선생님, 보세요. 제 별이에요.

단발적인 베이스 드럼, CI. 조명, CC.
배역 체인지(남자=B, 선생님=A). 이하, 8초마다 배역 체인지.

선(A)	그래, 저건 내 별이었어.
남(B)	…아니죠. 제 별이에요.
선(A)	그래, 내 별이었어.
남(B)	아니에요. 제 별이에요.

단발적인 베이스 드럼, CI. 조명, CC.
배역 체인지(남자=A, 선생님=B).

선(B)	그래, 저건 내 별이었어.
남(A)	아니라니까요. 제 별이에요.
선(B)	그래, 저건 내 별이었어.
남(A)	아니에요. 제가 발견한 제 별이에요. 그러니까 이 별에서는 제가 제일,

단발적인 베이스 드럼, CI. 조명, CC.
배역 체인지(남자=B, 선생님=A). 조명 CC.

남(B)   높은 사람이에요.

선(A)   내가 착각을 했어.

남(B)   이 별에서는 맘껏 가슴도 만질 수 있어.

선(A)   난 바보였어.

남(B)   가만, 이름을 뭐라고 짓지? (망원경을 들여다
              본다.)

선(A)   그런데 저 별은 이제 존재하지 않아.

선/남   어어!

단발적인 베이스 드럼, CI. 조명 CC.
배역 체인지(남자=A, 선생님=B).

남(A)   아아, 깜짝이야. 뭐라는 거예요? 있어요. 별은
              분명히 있어요. 저렇게 빛나고 있잖아요.

선(B)   저건 거성이었어.

남(A)   거성?

단발적인 베이스 드럼, CI. 조명 CC.
배역 체인지(남자=B, 선생님=A).

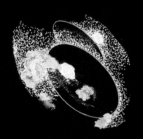

선(A)	별이 수명을 다해 거대한 별이 되어 불타버리는 걸 말하지.
남(B)	그럼 이 별이 타서 없어져요?
선(A)	아니, 벌써 타서 없어졌어.
남(B)	어…

단발적인 베이스 드럼 CI. 조명 CC.
배역 체인지(남자=A, 선생님=B).
비트 CI. 이하 8박=4초로 배역 체인지.
이하, 랩으로. (●는 비트의 시작)

선(B)	저 별은 아득한 1만 광년 너머,
전	1만 광년?●
선(A)	빛의 속도로 1만 년 걸리는 거리야.
남(B)	그럼●
남(A)	이 빛이 1만 년 전?
선(B)	그래, 저 빛이 1만 년 전.
남(A)	그럼●
남(B)	이 소리도 1만 년 전?
선(A)	그래, 저 고동도 1만 년 전.
남(B)	그럼●
남(A)	이 별이 1만 년 전?
선(B)	그래, 저 별은 이젠 없어.

남(A)   그럼 ●

남(B)   지금 보이는 건 뭐예요?

선(A)   넌 1만 년 전을 보고 있어. ●

남(A)   선생님, 잘 모르겠어요.

선(B)   한눈팔면 안 돼! ●

비트 CO. 랩 해제.

남자   (망원경에서 눈을 떼고) 네?

전체 조명 CO. 암전.

4박, 사이.

전   선생님!

조명, 남자 스포트 CI, 선생님 스포트 CI.

나, 있다. 원 안에서 망원경으로 하늘을 보고 있다.

또 원 안에 낮은 밥상과 형광등이 등장해 있다.

남자=B, 선생님=A. 이하, 16박=8초로 배역이 바뀐다.

선(A)   한눈팔지 말랬지.

남(B)   네, 이제 눈을 떼지 않을게요.

선(A)   떼면 안 돼.

남(B)	말도 안 돼. 내 별이 이제 없다니. 내 행성, 내 가슴.
선(A)	난 바보였어.
남(B)	선생님, 배율 올려도 돼요?

배역 체인지(남자=A, 선생님=B). 조명 CC.

선(B)	벌써 올렸어.
남(A)	별 주위로 혹성이 보여요. 세 번째 별이 너무 파랗고 예뻐요. 그런데 이 별도 사라져요?
선(B)	아니, 그 별도 이미 사라졌어.
남(A)	그런데 이 세 번째 별은 너무 예뻐요.

배역 체인지(남자=B, 선생님=A). 조명 CC.

남(B)	선생님, 배율이 안 멈춰요.
선(A)	뭐가 보이지?
남(B)	사람이 있어요.
선(A)	누가?
남(B)	모르겠어요.

배역 체인지(남자=A, 선생님=B). 조명 CC.

남(A)	선생님, 이게 1만 년 전이에요?
남/선	그래.
선(B)	저건 20년 전. (동시에)
남(A)	이건 방금 전. (동시에)
선(B)	1만 년 전의 이야기야.
남(A)	보여요!
선(B)	뭐가?
남(A)	여자애요.

조명, 남자&선생님 스포트 CO.

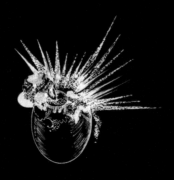

7. 낮은 밥상

조명, 원 안 CI.

나   아, 첫 번째 별,
엄마   (객석에서) 지구야.
나   …

나, 곧바로 망원경을 내려 자신을 본다. 나, 망원경으로 자신을 들여다보는 데에 푹 빠져 있다.
어디선가 텔레비전 소리 FI. 두부 장수 나팔 소리, 사이렌 소리가 멀리서 들려도 좋다.

엄마   (객석에서) 지구야, 밥 먹어!
나   (망원경에 정신이 팔려) 와–
엄마   (객석에서) 지구야!

나   (망원경에 정신이 팔려) 와-

언니, 등장. 원 안으로.

언니   지구야!
나   (망원경에 정신이 팔려) …
언니   야, 지구-
나   (망원경에 정신이 팔려) 와-
언니   ('나'의 머리를 때린다.)
나   아야!
언니   밥.
나   알아.
언니   좀 도와.
나   지금 가려고 했어.
언니   웃기고 있네.
나   엄마, 언니가 나 때려.
언니   내가 언제?
나   때렸잖아, 방금.
언니   그냥 살짝 친 거잖아.
나   나도 때릴래.
언니   뭘.
나   한 번만.
언니   싫어.

나	씨. 언니도 방금 나 한 대 때렸잖아. 이번엔 내가 언니 때릴 거야.
언니	안 돼.
나	왜 안 돼. (때리려고 한다.)
언니	(피한다.)
나	피하지 마.
언니	싫어.
나	(때리려고 한다.)
언니	(피한다.)
나	왜 자꾸 피해-
언니	바보.
나	피하지 마. 피하지 마.
언니	(때린다.)
나	또 때렸어- 두 대나 때렸어!

엄마, 등장. 원 안으로. 낮은 밥상을 닦으며,

나	엄마-
엄마	둘 다 그만해.
언니	애 혼자 난리 치는 거야.
엄마	지구야.
나	아니야-
엄마	어머님, 진지 드세요-

할머니　　　　(객석에서) 그-래-

나, 또 망원경으로 자신을 들여다본다.

엄마　　　　둘 다 앉아.

나　　　　　응-

엄마, 일단 자리로 돌아온다.

언니　　　　그렇게 재밌어?

나　　　　　언니한테는 안 보여줄 거야.

언니　　　　그러든가, 난 〈베스트텐〉✦ 볼 거야.

나　　　　　어- 돌리지 마-

언니　　　　왜? 넌 안 보잖아.

텔레비전 소리 CC.

나　　　　　이제 시작한단 말이야.

언니　　　　넌 그거 보면 되잖아.

나　　　　　만화 볼 거야.

언니　　　　또 맞는다.

✦ 일본에서 1978년에서 1989년까지 방영된 TV 가요 프로그램.

나	싫어.

할머니, 등장. 원 안으로.

나	할머니, 언니가 때려.
언니	니 멋대로만 하려고 하니까 그렇지.
나	내가 언제?
할머니	그래, 그래.

아빠, 등장. 원 안으로. 채널을 바꾼다.
텔레비전 소리 CC. 야구.

언/나	어- 아빠 (둥둥 투덜대는 소리를 낸다.)
아빠	야구 보자. 야구.
언/나	…
할머니	옳지, 둘 다 일루 와.
나	… (망원경으로 자신을 본다.)

엄마, 원 안으로.

8. 자전

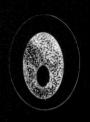

할머니	지구야.
아빠	어? 어어, 왜 이래, 이거.
언니	요즘 자주 이래.
아빠	그래?
언니	그냥 갑자기 지지지 그래.
아빠	이러면 뭘 볼 수가 없잖아.
엄마	(밥상을 두드리며) 지구 너 그만 안 할래.
나	응.
할머니	명이 다 된 거 아니니?
아빠	아, 벌써 명이 다 됐나?
언니	수명. 수명.
엄마	어? 어머님, 명이 다 됐다고요?
할머니	나 말고.
아빠	텔레비전. 텔레비전.

엄마	아아, 난 또.
할머니	어째 좀 불만인 거 같다? 난 100년은 더 살 거거든.
아빠	진짜요?
언니	오늘은 어디 대 어디야?
아빠	자이언츠 대 타이거즈.
언니	누가 이겨?
아빠	당연히 자이언츠지. 머리 쓰는 게 달라.
엄마	자, 먹자.
전	잘 먹겠습니다.
할머니	우체국 영감, 이제 얼마 안 남은 거 같더라.
엄마	어머, 그래요?
할머니	식도암이래.
나	(망원경을 만지려고 한다.)
엄마	아유, 지구야.
나	(그만둔다.)
아빠	정말로 계속 보네.
나	응, 아빠— 나 새거 사줘.
아빠	새거?
나	더 잘 보이는 거 사줘.
아빠	그거 사준 지 얼마 안 됐잖아.
나	더 크게 보고 싶어. 아빠, 밥 먹고 사러 가자.
언니	안 되는 거 뻔히 알면서 그런다.

나	왜 안 돼, 나 생일인데?
언니	다음 주잖아.
나	왜? 괜찮지? 나 갖고 싶어.
엄마	안 돼. 다음 주까지 참고 기다려.
언니	거봐.
나	아앙, 뭐 어때.
언니	우리, 텔레비전 새로 사자.
엄마	텔레비전?
언니	응, 이제 7번 안 나오잖아.
아빠	그렇네.
언니	요즘엔 리모콘까지 딸린 게 나왔어.
엄마	필요 없어. 평범한 걸로 충분해.
언니	에이, 이왕 사는 거 제일 좋은 게 좋지.
엄마	그것보다 냉장고가 급하지. 가끔 문이 그냥 열려.
할머니	맞아.
언니	에이, 냉장곤 필요 없어.
엄마	니들이 붙여놓은 스티커가 끈적하게 남았단 말이야, 지저분하게시리.
언니	지구야.
나	나 아냐.
아빠	그런 거 다 살 돈 없다.
언니	연필이 유행하면 좋겠다. 그럼 우리도 부자

	될 텐데.
엄마	유행 안 해, 그런 거.
나	어떻게 하면 다음 주가 돼?
엄마	다음 주가 되면 되지.
나	그런 거 말고.
할머니	양달이 일곱 번 들었다 없어지면 다음 주란다.
나	양달?
언니	태양 말씀하시는 거야.
할머니	그래.
언니	나 그거 배웠어. 지구가 한 바퀴 돌면 하루지?
아빠	그렇지.
나	그럼 돌면 되는 거네?
아빠	지구가 일곱 바퀴 돌면 다음 주가 되지.
엄마	응? 그건 7주겠지.
아빠	아니야.
나	(일어서서) 알았어.
엄마	뭘?
나	돌 거야.
엄마	엉뚱한 소리 하지 말고 앉아.
나	돌래-
언니	내비둬.
엄마	먼지 나.
할머니	얘, 빗자루도 이제 털이 다 섰더라. 알지?

엄마   아아, 맞아요.

나, 돈다. 비트 CI. 조명, 원 안 CO, 남자&선생님 스포트 CI.
이하, 랩으로.

선(A)   선생님, 별이 돌고 있어요.
남(B)   그래, 저게 자전이야.
전   자전? ●
남(A)   속도는 시속 1700킬로미터. 소리보다도 빠른 속
                도지. ●

비트 CO. 랩 해제. 조명, 원 안 CI, 남자&선생님 스포트 CO.

엄마   (밥상을 두드리며) 얌전히 좀 있어!
나   네.

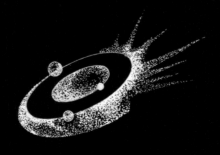

9. 공전

할머니	명이 다 된 거 아니니?
아빠	아, 벌써 명이 다 됐나?
언니	수명. 수명.
엄마	어? 어머님, 명이 다 됐다고요?
할머니	나 말고.
아빠	텔레비전. 텔레비전.
엄마	아아, 난 또.
할머니	어쩨 좀 불만인 거 같다? 난 100만 년은 더 살 거거든.
아빠	진짜요?
언니	오늘은 어디 대 어디야?
아빠	베이징원인 대 호랑이.
언니	누가 이겨?
아빠	당연히 베이징원인이지. 머리 쓰는 게 달라.

할머니	사브르 송곳니 호랑이도 만만치 않아.
엄마	자, 그럼,
가족	해피 버스데이 투 유
	해피 버스데이 투 유
	해피 버스데이 디어 지-구-
	해피 버스데이 투 유 (박수)
나	신난다-
할머니	우리 지구 몇 살 됐지?
나	46억 열 살.
언니	니가 데몬 코구레⁺냐?
할머니	호오- 벌써 그렇게 됐어?
나	엄마, 케이크는, 케이크-
엄마	니가 지금 깔고 앉았잖아.
나	어? 이거? 이거 케이크야? 전부?
엄마	그래.
나	신난다- 이거 전부 내 거야?
언니	야.
나	나 혼자 먹을 거야-
언니	생일이라고 너무 니 멋대로 구는 거 같다.
엄마	배탈 나.
나	아빠, 아빠, 선물은? 선물.

⁺ 일본의 뮤지션. 자칭 기원전 98038년 11월 10일생.

아빠	참 나.
나	빨리빨리!
아빠	알았다. 알았어.

아빠, 선물을 가지러 원 밖으로.

언니	까불지 마.
나	왜, 나 생일인데-
언니	(때린다.)
나	엄마.
엄마	동생한테 왜 그러니.
언니	내가 뭘-

아빠, 원 안으로.

아빠	자. (조금 더 큰 망원경)
나	와- 크다. 봐도 돼?
아빠	그럼.
엄마	안 돼.
나/아	어?
엄마	지구야.
나	(눈치채고) 아, 고맙습니다.
아빠	천만에.

나	이제 봐도 돼?
엄마	돼.
나	(자기를 들여다본다.)
언니	사용법도 모르면서.
할머니	동생한테 왜 그러니.
언니	왜? 틀린 거 맞잖아.
엄마	뭐 어때. 저렇게 좋아하는데,
언니	내 생일도 기억하지? 안 잊어버렸지?
엄마	왜 잊어버려.
언니	나도 선물 줘야 돼, 꼭.
엄마	그래, 알았어.
아빠	어때? 잘 보여?
나	보여-
아빠	뭐가 보여?
나	지금 언니가 나 때려서 먼지가 막 일어나서 큰 구름이 돼서 빛을 가려서 전부 다 얼어서 공룡이 전멸했어.
언니	야.
아빠	그거 대단한데?
엄마	자, 자, 지구야, 이쪽으로 와.
나	네-
할머니	우체국 영감, 이번엔 정말인가 보더라.
엄마	어머, 그래요?

할머니	식도는 절제를 했는데, 위로 전이가 됐대.
나	(망원경을 만지려고 한다.)
엄마	아유, 지구야, 밥 먹을 땐 그거 하지 마.
너	(그만 둔다.)
아빠	정말 계속 보네.
나	응, 아빠, 새거 사줘.
아빠	새거?
나	더 잘 보이는 거 사줘.
아빠	방금 사줬잖아.
나	더 크게 보고 싶어. 아빠, 밥 먹고 사러 가자.
언니	안 되는 거 뻔히 알면서 그런다.
나	왜 안 돼, 나 생일인데?
언니	이제 끝났거든.
나	오늘 아직 안 끝났어. 나 생일이야.
언니	아까 선물 받고 끝난 거야.
나	왜? 괜찮지? 나 갖고 싶어.
엄마	안 돼. 내년까지 참고 기다려.
언니	거봐라.
나	아앙, 뭐 어때.
언니	우리, 텔레비전 새로 사자.
엄마	텔레비전?
언니	이제 7번이랑 9번 안 나오잖아.
아빠	그렇지.

언니	요즘 위성방송까지 딸린 게 나왔어.
엄마	필요없어. 평범한 걸로 충분해.
언니	에이, 이왕 사는 거 제일 좋은 게 좋지.
엄마	그것보다 냉장고가 급하지. 가끔 문이 그냥 열려.
할머니	맞아.
언니	에이, 냉장고는 필요 없어.
엄마	니들이 붙여놓은 스티커가 끈적하게 남아서, 그걸 또 할머니가 시너로 지운다고 했다가 하나도 안 지워져서 너덜너덜해졌잖아, 지저분하게시리.
나/언	할머니.
할머니	미안.
아빠	그런 거 다 살 돈 없다.
언니	로켓 연필이 유행하면 좋겠다. 그럼 우리도 부자 될 텐데.
엄마	유행 안 해, 그런 거.
나	그럼 어떻게 하면 내년 돼?
엄마	내년이 되면 되지.
나	그런 거 말고.
할머니	양달이 365번 들었다 없어지면 내년이지.
나	양달?
언니	태양 말씀하시는 거야.

할머니	그래.
언니	나 그거 배웠어. 지구가 한 바퀴 돌면 하루지?
아빠	그렇지.
나	그럼 돌면 되는 거네?
아빠	지구가 365바퀴 돌면 내년이야.
엄마	어, 364바퀴 아니야?
아빠	아니지.
나	(일어서서) 알았어.
엄마	뭘.
나	돌 거야.
엄마	엉뚱한 소리 하지 말고 앉아.
나	돌래-
언니	내비둬.
엄마	먼지 나.
할머니	얘, 빗자루도 이제 털이 다 섰더라. 알지?
엄마	아아, 맞아요.

나, 빙글빙글 돈다. 힘들다.

나	그만큼을 어떻게 돌아!
엄마	너 누구한테 화내니?
나	눈이 핑핑 돌아-
언니	바보 아냐?

나	아앙,
할머니	춘하추동이 한 번씩 돌아가면 1년이란다.
나	춘하추동?
언니	봄 여름 가을 겨울 말씀하시는 거야.
할머니	그래.
언니	나 그거 배웠어. 지구가 태양을 한 바퀴 돌면 1년이지?
아빠	그렇지.
나	그게 뭐야? 그게 뭐야? 어딜 돌면 되는 거야?
아빠	지구가 태양 주위를 한 바퀴 돌면 내년이야.
엄마	태양에 가까워지면 여름이지.
아빠	아니, 그건 아니지.
나	(일어서서) 알았어.
엄마	뭘.
나	돌 거야.
엄마	엉뚱한 소리 하지 말고 앉아.
나	돌래-
언니	내비둬.
엄마	먼지 나.
할머니	애, 빗자루도 이제 털이 다 섰더라. 알지?
엄마	아아, 맞아요.

나, 원 바깥을 돈다. 비트 CI.

조명, 원 안 CO, 원 밖 CI, 남자&선생님 스포트 CI.
이하, 랩으로.

남(B)	선생님, 별이 또 돌고 있어요.
선(A)	저건 공전이야.
전	공전? ●
선(A)	속도는 시속 10만 킬로미터, 소리보다도 빠른 속도지. ●
남(B)	근데 별로 안 빨라 보이는데요? 오히려 느려 보여요. ●
선(A)	그건 착시야. 저 별이 너무 멀고 너무 커서 그렇게 보이는 거야. ●

비트 CO. 랩 해제. 조명, 원 안 CI, 원 밖 CO, 남자&선생님 스포트 CO.

엄마	(밥상을 두드리며) 지구야, 얌전히 좀 있어!
나	네-

10. 빙글빙글

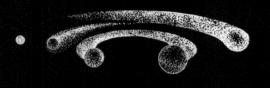

할머니	명이 다 된 거 아니니?
아빠	아, 벌써 명이 다 됐나?
언니	수명. 수명.
엄마	어? 어머님, 명이 다 됐다고요?
할머니	나 말고.
아빠	텔레비전. 텔레비전.
엄마	아아, 난 또.
할머니	어째 좀 불만인 거 같다? 난 백만 번✦은 더 살 거거든.
아빠	고양이도 아니고.
언니	오늘은 어디 대 어디야?
아빠	유인폭격기 B29 대 티거전차.

✦ 1977년 출간된 사노 요코의 그림책《100만 번 산 고양이》를 빗댄 말.

언니	누가 이겨?
아빠	당연히 미국이지. 머리 쓰는 게 달라.
할머니	독일도 만만치 않아.
엄마	자, 그럼,
가족	해피 버스데이 투 유
	해피 버스데이 투 유
	해피 버스데이 디어 지-구-
	해피 버스데이 투 유 (박수)
나	신난다-
할머니	우리 지구 몇 살 됐지?
나	46억 열한 살.
언니	니가 데몬 코구레냐.
나	아빠, 아빠, 선물. 선물. 얼른 줘.
엄마	지구야.
나	왜- 나 생일이잖아.
아빠	왜 이렇게 시간이 빨리 가냐.
나	빨리빨리.
아빠	알았어. 알았어.

아빠, 선물을 가지러 원 밖으로.

언니	까불지 마라.
나	왜? 나 생일인데.

언니	내 생일 기억하지? 안 잊어버렸지?
엄마	왜 잊어버려.
언니	나도 선물 줘야 돼, 꼭.
엄마	알았어. 알았어.

아빠, 원 안으로.

아빠	자. (더 큰 망원경)
나	신난다- 크다- 봐도 돼?
아빠	그럼, 그럼.
엄마	안 돼.
나/아	응?
엄마	지구야.
나	(눈치채고) 아, 고맙습니다.
아빠	천만에.
나	이제 봐도 돼?
엄마	돼.
나	(자기를 들여다본다.)
아빠	어떠냐. 잘 보여?
나	보여-
아빠	뭐가 보여?
나	지금 크로마뇽인이 동굴에 그림 그리고 있어.
아빠	그거 굉장한데?

나	응, 아빠 나 새거 사줘.
아빠	새거?
나	더 잘 보이는 거 사줘.
아빠	방금 사줬잖아.
나	더 크게 보고 싶어. 아빠, 밥 먹고 사러 가자.
언니	안 되는 거 뻔히 알면서 그런다.
나	왜 안 돼, 나 생일인데?
언니	방금 끝났잖아.
나	헤헤헤헤.
언니	왜 이래, 징그럽게.
나	또 돌 거야.
엄마	엉뚱한 소리 하지 말고 앉아.
나	돌래-
언니	내비둬.
엄마	먼지 나.

나, 원 밖을 돈다. 비트 CI.
조명, 원 안 CC, 원 밖 CI.
이하, 랩으로. 노래하는 사람은 밥상 위에 올라간다.

할머니	우체국 영감, 이번에는 진짜로 때가 된 거 같더라.
엄마	어머, 그래요?
할머니	위까지 절제했는데, 간, 신장, 내장, 심장에 다 전

이됐대.

엄마   저런.

언니   우리 텔레비전 새로 사자.

엄마   텔레비전?

언니   이제 1번도 안 나와.

아빠   뭐? 진짜?

언니   요즘 디지털화면 나오는 게 나왔어.

엄마   필요 없어. 평범한 걸로 충분해.

언니   에이, 이왕 사는 거 제일 좋은 게 좋지.

엄마   그것보다 냉장고가 급하지. 가끔 문이 그냥 열려서 빙하기가 되잖아.

할머니   맞아.

언니   에이, 냉장고는 필요 없어.

엄마   니들이 붙여놓은 스티커가 끈적하게 남아서, 그걸 또 할머니가 시너로 지우려고 했다가 하나도 안 지워지고 너덜너덜해져서, 드라이어로 뜨겁게 하면 된다고 하길래 내가 해봤더니 갈색으로 그을기만 하고 이제 더 손도 못 쓰게 됐단 말이야, 지저분하게시리.

나/언/할   엄마(애미야).

엄마   미안.

아빠   그런 거 다 살 돈 없다.

언니   로켓이 유행하면 좋겠다. 그럼 우리도 부자 될 텐데.

엄마   유행 안 해, 그런 거.

비트 CO. 랩 해제.
조명, 원 안 CC, 원 밖 CO.

엄마   (밥상을 두드리며) 지구야, 얌전히 좀 있어!
나   네-

11. 역회전

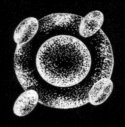

할머니	명이 다 된 거 아니니?
아빠	아, 벌써 명이 다 됐나?
언니	수명. 수명.
엄마	어? 어머님, 명이 다 됐다고요?
할머니	나 말고.
아빠	텔레비전. 텔레비전.
엄마	아아, 난 또.
할머니	어째 좀 불만인 거 같다? 난 100억 년은 더 살 거거든.
아빠	진짜요?
언니	오늘은 어디 대 어디야?
아빠	유인우주탐사기 아폴로 대 소유즈.
언니	누가 이겨?
아빠	당연히 NASA지. 머리 쓰는 게 달라.

할머니	소련도 만만치 않아.
엄마	자, 그럼,
가족	해피 데스데이 투 유
	해피 데스데이 투 유
	해피 데스데이 디어
나	(동시에) 지구.
할머니	(동시에) 할머니.
나	어?
가족	해피 데스데이 투 유 (박수)
할머니	해피 DEATH.
나	어? 뭐야? 해피 데스?
언니	어.
나	내 생일은?
언니	뭔 소리야?
나	어?
엄마	오늘 할머니 제삿날이잖아.
나	어어?!

할머니, 원 밖으로.

할머니	이 할머니도 100억 년은 무리더라. 가는 세월 잡지 못하고 은퇴해야지.
언니	암이셨지?

엄마	우체국 아저씨 암이 전이되어버렸어.
아빠	거기서 더 전이될 데도 없었으니까.

조명, 원 밖 CI, 원 안 CO.

나	할머니, 할머니 돌아가신 거야?
할머니	그렇게 됐구나.
나	왜?
할머니	왜긴. 지구 니가 자꾸 빙글빙글 돌았잖아.
나	아아아, 할머니, 미안해.
할머니	괜찮아. 누구든 마지막엔 다 죽는 거니까.
나	나 그렇게 많이 돌았나?
할머니	너 보기보다 참 빠르더라.
나	할머니, 사라져버리는 거야?
할머니	사라지는 게 아니라, 별이 되는 거야.
나	별?
할머니	별이 돼서 우리 지구 쭉 지켜보고 있을게.
나	그런 거 싫어.
할머니	싫어도 할 수 없어.
나	싫어. 싫어. 싫어!
할머니	…그럼 할 수 없지.
나	어?
할머니	한번 거꾸로 돌아봐.

나, 조심조심 원 밖으로 나가서 거꾸로 돈다. 타임시그널 소리가 다시 섞여 들어온다.

나　　　　　이렇게?

할머니　　　그래.

나　　　　　이렇게 하면 돼?

할머니　　　그렇게 하면 돼.

나　　　　　어, 할머니 다시 살아났다.

할머니　　　다시 살아났다.

나와 할머니, 원 안으로. 조명, 원 안 CI, 원 밖 CO.

나　　　　　신난다!

가족　　　　해피 데스데이 투 유(박수)

나　　　　　어?

할머니　　　해피 DEATH.

나　　　　　어, 어,

할머니, 원 밖으로.

할머니　　　이 할머니도 100억 년은 무리더라. 가는 세월
　　　　　　　잡지 못 하고 은퇴해야지.

언니　　　　암이셨지?

엄마	우체국 아저씨 암이 전이되어버렸어.
아빠	거기서 더 전이될 데도 없었으니까.

조명, 원 밖 CI, 원 안 CO.
엄마와 언니와 아빠, 스톱.

나	할머니, 할머니 또 돌아가신 거야?
할머니	그렇게 됐어.
나	잠깐만. 잠깐만. 좀만 더 돌게.
할머니	그럼 할 수 없지. 그런데 이건 깜빡하면 안 돼. 거기서 조금만 더 돌면 다 죽거든. 그럼 어떻게 할 수가 없어.
나	다?
할머니	다.
나	아빠도, 엄마도?
할머니	아빠도, 엄마도.
나	언니도, 지구도?
할머니	언니도, 지구도.
나	'조금만 더'가 얼마나 돼?
할머니	뭐, 겨우 몇십억 년 정도야.
나	'몇십억 년'이 얼마나 돼?
할머니	뭐, 겨우 몇십 분 정도야.
나	죽으면 어떻게 돼? 할머니 어떻게 됐어?

할머니	죽으면, 속부터 썩어 들어가서, 나중엔 녹아서 흐물흐물해져.
나	꺄-악.
할머니	흐물흐물하게 물컹물컹해져서 흙이 되거든.
나	흙?
할머니	그래, 그런 다음에 별이 되는 거야.
나	나도?
할머니	그래, 우리 지구도. 어, 조심해!
나	어?
할머니	니가 태어나기도 전으로 돌아가면 안 돼.
나	왜?
할머니	태어나기 전도 죽은 거니까.

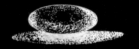

나, 역회전을 멈춘다.

나	난 어디에서 태어났어?
할머니	엄마한테서 태어났지.

조명, 원 안 CI. 음악 CI.
그 바로 직전에 엄마와 아빠와 언니의 자세, 순간 체인지.
엄마는 서고, 아빠는 텔레비전을 보고, 언니는 널브러져 앉아 있다.

엄마	여보, 성공이야.
아빠	(텔레비전 보면서) 응?
언니	(널브러지면서) 뭐가 성공이야?
엄마	우리 둘째.
아빠	어, 진짜?
언니	우와.
엄마	진짜.
아빠	이거 참… 축하해.
엄마	고마워.
언니	아들이야, 딸이야?
엄마	아직 몰라.
언니	와, 와, 나도 동생 생기는 거야?
엄마	건강하게 잘 태어나면.
나	이거, 나 태어났을 때 얘기야?
할머니	맞아.
언니	만져봐도 돼?
엄마	되는데, 아직은 모를 거야.
언니	(배에 손을 대고) 여보세요. 들려요?
나	들려요.
언니	들린대.
엄마	그럴 리가 있니?
언니	…
나	와아.

조명, 원 안 CO. 음악 CO.

그 바로 직전에 엄마와 아빠와 언니의 자세, 원래대로 돌아
간다.

이하 랩으로. 비트 FI.

나   엄마한테서 태어났구나.

할머니   엄마한테서 태어났지. ●

나   엄마는 어디에서 태어난 거야?

할머니   엄마의 엄마한테서 태어났지. ●

나   엄마의 엄마는 어디에서 태어난 거야? ●

할머니   엄마의 엄마의 엄마한테서 태어났지. ●

나   엄마의 엄마의 엄마는 어디에서 태어난 거야? ●

할머니   엄마의 엄마의 엄마의 엄마한테서 태어났지. ●

나   엄마의 엄마의 엄마의 엄마의 엄마는 어디에서
            태어난 거야? ●

할머니   엄마의 엄마의 엄마의 엄마의 엄마의 엄마한테서
            태어났지. ●

나   그러면, 그러면 전부 다의 엄마, 가장 1번 옛날
            엄마는 어디에서 태어난 거야?

할머니   원숭이한테서 태어났지.

나   어?

할머니   원숭이의 엄마한테서 태어났지. ●

나   그런 얘기 처음 들어. 그러면, 그러면 그 원숭이

	도 전에, 전부 전에, 가장 1번으로 최초 중에 최초는, 어디에서 태어난 거야?
할머니	별님한테서 태어났지.
나	별님?
할머니	별님한테서 요렇게 조그마한 것이 태어나 조금씩 자라서, 눈알이 한 스무 개 달린 놈도 되고, 미끈미끈한 생선에 다리가 난 놈도 되고.
나	꺄-악.
할머니	그렇게 해서 다 살게 된 거야.
나	별에서 태어났구나.
할머니	그래.
나	별에서 태어나서 별이 되는구나.
할머니	별에서 태어나서 별로 죽는 거란다. ●

비트 CO. 랩 해제.

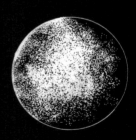

12. 이사

아빠   지구야, 좀 비켜봐.

조명, 원 안 CI.

나   어.
엄마   어머님, 괜찮아요.
할머니   왜? 나도 거들어야지.
나   이거, 언제야?
할머니   모르겠어?
아빠   하나 둘 셋,

가족, '나'를 옮긴다.

나   아! 알았다. 처음 여기 이사 온 날이다.

아빠	지구야, 위험하니까 저쪽 가 있어.
나	나도 도울래.

가족, '나'를 놓는다.

언니	너 못 해.
나	할 수 있어.
아빠	자, 간다. 하나 둘 셋,

이하, 가족끼리 서로를 운반한다.

언니	이 2층 침대는 우리 거야?
엄마	응.
나/언	(신나서 소란 피운다.)
언니	내가 2층.
나	으앙, 못됐어.
아빠	재봉틀은 할머니 거?
할머니	그래, 거기 놔둬라.
엄마	세탁기는 베란다로 부탁해요.
아빠	네, 네.
언니	책장은?
아빠	여기, 책상 옆에.
엄마	이거 텔레비전 놓는 데야?

아빠	맞아. 맞아. 텔레비전 아래.
할머니	냉장고는 찬장 옆이면 되나?
엄마	네, 거기 두시면 돼요.
나	이거 뭐야?
엄마	커튼.
언니	그럼, 가니메데Ganymede✦는 어디야?
엄마	목성 옆에.
할머니	포보스Phobos✦✦는 화성 옆이면 되나?
아빠	이거 뭐지?
할머니	그거 가스 곤로네. 목성에 걸어놔.
아빠	네, 네.
엄마	아니지. 금성은 수성 뒤야.
나	미안.
할머니	이 동그란 건 토성이지?
엄마	어머님, 괜찮아요.
할머니	뭐, 토성은 가벼우니까.
언니	물에도 뜨지?
할머니	그럼, 그럼.
아빠	이거 버려도 되지?
엄마	뭔데?

✦ 목성의 제3 위성.
✦✦ 화성의 위성.

아빠	무슨 백화점 봉투랑 명왕성.✦
엄마	일단 둬.
할머니	그렇지.
아빠	이런 식으로 자꾸 안 버리니까 점점 짐이 늘 어나잖아.
엄마	뭐라고?
아빠	아니야.
엄마	아유 지구야, 토성은 천왕성 앞이잖아.
나	어라-
언니	방해 좀 하지 마.
나	도와주는 건데.
할머니	태양은?
아빠	아직 트럭이요.
할머니	그건 크니까.
언니	어떡할 거야?
아빠	이삿짐센터 사람이랑 같이 옮겨야지.
나	나도 갈래.
엄마	지구는 여깄어.
나	왜?
아빠	장갑 좀 가져다줄래?

✦ 태양계의 아홉 번째 행성으로 오랫동안 알려져왔지만, 2006년 국제
천문연맹의 행성분류법이 바뀌면서 행성의 지위를 잃었다.

언니	네-
아빠	그럼 가볼까?
나	나도.
엄마	안 돼. 위험해.
나	피-

아빠와 언니와 할머니, 객석으로.

13. 달

엄마	아유, 지구야, 일루 좀 와.
나	어디 가는 거야?
엄마	인사드리러.
나	인사?

엄마와 나, 원 밖으로 걷는다. 원 밖의 조명이 서서히 변한다.
엄마와 나, 멈춰서서 초인종을 누른다.

엄마	띵동.

조명, 달 스포트 CI.

달	네.
엄마	저 옆집에 이사 온 사람인데요.

달	네, 금방 열어드릴게요.
엄마	안녕하세요.
달	안녕하세요.
엄마	자, 지구도.
나	안녕하세요.
달	안녕하세요.
엄마	엄마 계시니?
달	안 계세요.
엄마	아빠는?
달	안 계세요.
엄마	그럼, 지금 누구 어른은 안 계시니?
달	안 계세요.
엄마	아무도 안 계서?
달	안 계세요.
엄마	저런, 그럼 다시 와야겠다.
달	네.

조명, 달 스포트 CO.
엄마, 걸어간다. 나, 움직이지 않는다.

엄마	지구야!
나	엄마.
엄마	왜?

나	엄마… 안 돼?
엄마	(눈치채고) 어두워지기 전엔 집에 와야 돼.
나	응.

엄마, 객석으로.
나, 초인종을 누른다. 띵동.

나	…
달	네.

조명, 달 스포트 CI.

나	…안녕하세요.
달	안녕하세요.
나	처음 뵙겠습니다.
달	처음 뵙겠습니다.
나	아무도 없어?
달	응.
나	쭉?
달	쭉.
나	그렇구나.
달	넌?
나	응?

달	넌 있어?
나	아, 응, 있어, 많이.
달	얼마나?
나	한 500만 종 정도.
달	너 대단하다.
나	조금 줄게.
달	괜찮아.
나	왜?
달	좀 미안하잖아.
나	그럼 빌려줄게.
달	빌려줘?
나	응, 두 명.
달	두 명?
나	암스트롱 씨랑 올드린 씨.
달	누구야?
나	미국인.
달	멋있다-
나	(주머니에서 꺼내서) 여기에 타서 갈 거야.
달	이게 뭐야?
나	아폴로.✦ 먹을래?

✦ 주식회사 메이지가 1969년부터 제조·판매한 과자 이름이기도 하
다. 원뿔 모양의 밀크초콜릿으로, 머리 부분은 딸기맛 초콜릿이 덮혀

달	응.

달, 객석에서 원 안으로. 조명, 달 스포트 FO.

달	('나'에게 다가간다.)
나	자.
달	(받는다.) 고마워. (먹는다.) 맛있다.
나	저기… 우리 같이 놀지 않을래?
달	…좋아.
나	진짜?!
달	진짜!
나	뭐 할까? 뭐 할래?
달	저기 공원 있어.
나	가자. 어디야?
달	가르쳐줄게.
나	아,
달	왜?
나	나, 지구야.

있다. 실제로 이 제품명은 1969년 달에 착륙한 아폴로 11호를 모티브로 하여 만들어졌다고 알려져 있으며, 지금도 판매되고 있다. 〈우리별〉의 일본 초연 당시 극단 마마고토는 모든 관객들에게 이 아폴로 초콜릿을 선물로 나눠주었다. 암스트롱과 올드린은 아폴로를 타고 달에 착륙한 미국인 이름이다.

달	지구.
나	응, 너는…?
달	난 달.
나	달.
달	응, 가자.
나	응.

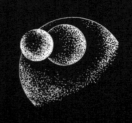

나와 달, 원 밖으로 달려나간다. 서서히 그것이 스텝이 되어
춤이 된다.
비트 FI. 이하, 랩으로.

나	뭐 할까?
달	뭐 하지?
나	뭐 하고 놀까?
달	뭐 하고 놀지?
나	그네, 시소, 모래밭, 실뜨기
달	미끄럼틀, 훌라후프, 끝말잇기
나	고무줄놀이, 줄넘기, 공기놀이, 깡통차기
달	정글짐, 그림자밟기, 종이접기
나	트럼프, 철봉타기, 술래잡기
달	돌차기놀이, 숨바꼭질, 달리기
나	릴리안Lily-yarn, 철봉, 눈싸움
달	공치기, 경찰놀이, 공주놀이

나	앉은뱅이놀이
달	색깔찾기놀이
나	얼음땡놀이
달	인형놀이
나	죽방울 콩주머니
나/달	무궁화 꽃이 피었습니다

나와 달, 스톱. 조명, 남자&선생님 스포트 CI.

남(A)	선생님, 위성을 발견했어요.
선(B)	저건 달이라는 거야. 인력으로 서로를 끌어당기고, 다가가면서, 영향을 주고받지.
남(A)	크기는 혹성의 4분의 1, 무게는 100분의 1, 서로 간 거리 38만 킬로미터.
선(B)	그리고 둘 사이의 거리는 점점 멀어지고 있어.
남(A)	네?
선(B)	1년에 어림잡아 3.8센티미터. 조금씩, 하지만 확실히 멀어지고 있어.
남(A)	두 별들은 그 사실을 알고 있어요?
선(B)	모르겠어.

비트 CO. 랩 해제. 조명, 남자&선생님 스포트 CO.

14. 소꿉놀이

조명, 서서히 해질 무렵으로.

나   우리 소꿉놀이할까?

달   좋아.

나   소꿉놀이하자.

달   하자! 하자!

나   그럼 사사로운 문제로 서로 마음이 틀어져 한
        번 금이 간 마음의 상처 때문에-아무리 발버
        둥 쳐도 솔직해지지 못하는 소녀들이 죄책감
        을 느끼면서도 어린 마음에 서로에게 상처주
        고 작은 응어리를 남긴 채 작별한다는, 소꿉
        놀이!

달   음.

나   하자. 하자.

달	음… 그게 뭐야?
나	어? 소꿉놀이.
달	응?
나	하자-
달	음… 싫어.
나	어, 왜? 하자. 일루 와.
달	으음, 됐어.
나	왜? 한다고 했잖아.
달	했는데, 좀 내가 생각한 거랑 달라….
나	괜찮아. 한번 해보자.
달	아니, 좀 이상해.
나	그게 무슨 말이야….
달	아니, 음, 됐어. 안 할래.
나	왜? 분명히 재밌을 거야. 한 번, 딱 한 번만.
	(나, 달의 옷을 잡으며)
달	어, 야, 당기지 마.
나	안 당겼어.
달	당기고 있잖아.
나	안 당겼다니까.
달	당기고 있어.
나	안 당겼어.
달	저리 가! (민다.)
나	…아야.

달	응?
나	너 손톱으로 나 확 긁었어. 아이, 아파.
달	…
나	(자기 팔을 보고는) 아아, 빨개졌어.
달	…
나	아… 아파.
달	…니가 잘못해서 그런 거잖아.
나	이렇게 빨개졌으니까 엄마한테 말해야 돼.
달	그게 뭐가 빨개?
나	병균 들어가서 파상풍 걸리면 어떡해….
달	아,
나	어?
달	옷 찢어졌어….
나	거짓말.
달	진짜야. 여기, 풀렸어.
나	원래 그랬어.
달	이거 내가 좋아하는 옷인데….
나	내가 그런 거 아니야.
달	…물어내.
나	싫어.
달	물어내란 말이야.
나	어떻게 물어내냐, 어린이가.
달	그런 게 어딨어.

나	아… 재미없어.
달	…나 집에 갈래.
나	아, 그래?
달	진짜 간다.
나	가. 누가 뭐래?
달	…
나	왜 안 가? 얼른 가.
달	다신 나한테 말 걸지 마.
나	뭐? 안 들리거든.
달	절교야.
나	절교. 절교.
달	바보.
나	꺼져.

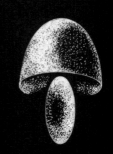

달, 객석으로.
조명, 이 대목까지 꽤 어두운 해질 무렵 상태가 되어 있다.

나	… (훌쩍훌쩍 울기 시작한다.)

타임시그널 4초. 달, 일어선다.

달	…어땠어?!
나	(갑자기 평소대로 돌아와서) 너 너무 잘한다!

조명, 해질 무렵 전으로 CC.

달, 작은 미러볼을 가지고 원 안으로.

달   진짜?

나   연기 너무 잘해!

달   너도 참.

나   우리 좀 대단한 거 같은데?

달   그러게, 처음 한 건데!

나   나이스 콤비네이션이었어.

달   너 손 아프지 않았어?

나   괜찮아. 괜찮아. 이쯤이야 아무것도 아니야.

          달 너야말로 옷… (괜찮아?)

달   이거 별로 안 좋아하는 옷이야.

등등 이야기를 나눈다.

15. 타임캡슐

나, 달이 가지고 있는 미러볼에 다가가,

나   이게 뭐야?

달   이거?

나   응.

달   이건, 졸업을 앞둔 두 소녀가 함께 보낸 시간
과 어느새 벌어진 거리감을 헤아리며 계절의
변화와 장래의 불안에 대해 어린 마음이지만
알게 모르게 알게 되어도 아무것도 못 느끼는
척 아파트 단지 공원에 묻은, 그날 해질 무렵
의 타임캡슐,

나/달   이라는 소꿉놀이.

조명, CC. 몇 년 후의 해질 무렵.

나	저기 나무 밑 어때?
달	좋아.
나	너 뭐 넣었어?
달	음, 사진.
나	응.
달	신문.
나	응.
달	스티커.
나	응.
달	그리고,
나	그리고?
달	…비밀.
나	어우야, 왜 비밀이야?
달	지구 너는?
나	나는 빛.
달	빛?
나	응, 지금, 지금만 있는 빛을 담는 거야.
달	예를 들어서?
나	예를 들어서, 지금 해질 무렵 노을빛.
달	저 가로등 같은 거?
나	맞아. 맞아. 형광등 빛.
달	빌딩 불빛.
나	봄의 햇살.

달	전구 불빛.
나	여름의 직사광선.
달	가을 나무 사이로 드는 햇빛.
나	밤중에 켜놓은 텔레비전.
달	달빛.
나	오후의 햇살.
달	동틀 때의 해.
나	1월 1일 해맞이.
달	겨울철 하얀 하늘빛.
나	아침 햇살.
달	거리의 햇살.
나	반딧불이 불빛.
나/달	…
나	…너네 학교 교복 예쁘다.
달	아, 그래?
나	예뻐. 우리 학교 건 최악이야. 이거 봐. 이거.
달	(웃는다.)
나	나도 너희 학교 갈 걸…
달	…
나	…묻을까?
달	응.

둘이서 무대에 미러볼을 묻는다.

나	100억 년이라.
달	기대된다.
나	음… 너무 긴 거 아냐?
달	응?
나	우리 그냥 10억 년으로 하자.
달	뭐?
나	못 기다리겠어.
달	눈 깜짝할 사이야.
나	그런가?
달	응, 분명히 그럴 거야.
나	아— 전혀 상상이 안 돼.
달	…지구야.
나	응, 왜?
달	아냐.
나	어?
달	아무것도 아니야.
나	뭐야, 그게.
달	어, 음. (웃음으로 넘어간다.)
나	이 아파트 단지 그때도 있으려나.
달	있을 거야, 꼭.
나	나 뭐하고 있을까?
달	결혼하지 않았을까?
나	에이, 니가 먼저 할 거 같은데?

달	왜?
나	난 그냥 이상한 아줌마만 안 됐으면 좋겠어.
달	분명히 많은 일이 생길 거야.
나	많은 일?
달	응.
나	예를 들면?
달	예를 들면, 이제 봄이 되고, 다른 학교로 가고, 조금씩 거리가 멀어지고,

조명 CC. 집에 가는 길.

나	달아.
달	지구야.
나	집에 가는 길이야?
달	응.
나	미안. 어제 집에 없어서.
달	아니야, 내가 갑자기 간 거였으니까.
나	아니, 갑자기 애들이 노래방 가자고 해서.
달	그랬구나.
나	그럼 다음 주 일요일 어때? 그날 볼까?
달	미안. 일요일은 동아리 모임이 있어.
나	아아, 그렇구나.
달	미안.

나	아니야, 다음에 꼭 같이 놀자.
달	응, 꼭이다.
나	응, 그럼 또 만나.
달	응, 또 시간이 지나서 조금 더 성장해서 같이 애기도 하구.

조명 CC. 밤중 베란다.

나	달아.
달	지구야.
나	뭐 해?
달	잠깐 쉬는 중. 머리 좀 식히려고.
나	아, 시험공부 중이었구나?
달	응.
나	대단하다, 이 시간까지.
달	너는?
나	난 저거 보고 있었어.
달	아파트 단지?
나	응, 옛날부터 자꾸만 멍하니 보게 돼.
달	별 같아서?
나	그러게, 진짜 별은 하나도 안 보이는데.
달	그러게, 이렇게 밤중인데 (안 보이네), 갑자기 전화,

조명 CC. 전화.

달	해서 미안.
나	아냐, 무슨 일 있어?
달	…저기,
나	응?
달	넌 뭐 되고 싶은 거 있어?
나	어?
달	장래희망.
나	뭐야, 갑자기.
달	나 이제 뭐가 뭔지 하나도 모르겠어.
나	공부를 너무 해서 그런 거 아냐?
달	그럴까?
나	난 별님…?
달	응?
나	달이 너도 결혼할 거지?
달	뭐어? 또 시간이 흘러서 언젠가 이 아파트 단지를 떠나 자취하는 날도 오고.

조명 CC. 역으로 가는 길.
나와 달, 걸으면서.

| 나 | 그래도 언제든 올 수 있으니까. |

달	맞아.
나	한 시간 정도 걸리지?
달	응.
나	쉬는 날엔 올 거지?
달	매주 올 거야.
나	그럼 그냥 이사 가지 말지.
달	그러게.
나	뭐, 그래도- 여기 살면 좀-
달	응?
나	남자 친구도 못 데려올 테니까.
달	아니야, 그런 거.
나	신입 환영 파티도 하지?
달	그런 거 같더라.
나	재밌겠다-
달	놀러 와, 자고 가면 되니까.
나	응, 꼭 갈게. 몇 분 차 탈 거야?
달	음, 58분 도쿄행.
나	진짜? 지금이 58분인데.
달	어? 아, 진짜다. 어떡해. 나 가야 돼, 그럼.
나	(달의 옷을 살짝 쥐고 멈춰 선다.)
달	응?
나	…다음 차 타면 안 돼?
달	…응, 그럼 다음 도쿄 (행 전차로) 역에서 우

연히 만나서 놀라기도 하고.

조명 CC. 도쿄역.

나   달아!
달   지구야!
나   와- 너무 놀랐잖아. 뭐야. 뭐야. 너 여기서 뭐
            해!
달   퇴근하는 길이야.
나   진짜? 저기서 걸어오는데, 혹시 너 아닌가 싶
            어서.
달   웬일이야! 이런 우연도 있고!
나   오오, 화장 예쁘게 했네?
달   뭐야. 너도 집에 가는 길이야?
나   응.
달   그럼 지금 우리 집 가서 술 한잔 하고, 일 얘
            기도 하고,

조명 CC. 달의 아파트.

나   맞아.
달   그래도 그렇게 낡아빠진 사고방식을 강요하
            는 건 잘못인 거 같거든.

나	맞아.
달	아니, 분명한 사실이 딱 버티고 있는데, 새로운 가치관도 인정해야 할 거 아냐.
나	너무 잘 알아.
달	그딴 식으로 하니까 시대에 뒤쳐질 수밖에 없지. 그러니 발전이 없는 거야.
나	맞아.
달	옛날에 갈릴레오도 말이야 그깟 일로 의견을 굽히면 안 되지.
나	맞아. 맞아.
달	그리고 역시, 결혼도 하고, 결혼식 때 축사도 부탁하고,

조명 CC. 결혼식.

나	어떡하지. 너무 떨려.
달	나도.
나	화장실 가고 싶어.
달	진정해.
나	역시 내 말대로 됐네.
달	어?
나	너무 예쁘다.
달	고마워.

나	이제 쉽게 못 만나겠네.
달	왜 못 만나.
나	너 또 이사하잖아.
달	그래도.
나	점점 멀어지네.
달	그래도 같이 또 놀자. 아! 아기 생기면 서로 봐주기도 하고,

조명 CC. 아기.

달	여기 봐라. 여기.
나	지구 아줌마 여깄네. 이상한 아줌마 여깄네.
달	어머 애 웃는 것 봐.
나	날름날름 뻬-
달	너 뭐 해?
나	응, 날름날름 아줌마.
달	뭐야. 날름날름 침 훔치는 아줌마가 진짜로 되기도 하고,

조명 CC. 베란다.

나	아이고, 이렇게 먼 데까지 어떻게 잘 왔네-
달	아이고, 무슨 그런 말을 해-

나	이제 허리가 안 펴져.
달	나도 눈이고 귀고 침침해. 몰라. 몰라. 사람 죽 겠어.
나	아이고, 뭐라 하는지 하나 모르겠네.
달	그러니까 눈이고 귀고 다 나빠져서 (천천히 누우며) 결국에는 병에 걸려 입원도 하고,

조명 CC. 병실.
달, 자고 있다.

나	…달아.
달	어.
나	괜찮아. 그대로 있어.
달	응, 와줬구나.
나	어때, 몸은?
달	괜찮아.
나	그래, 밥은? 잘 먹고 있어?
달	그냥 그렇지 뭐.
나	그럼 안 돼.
달	이제 억지로 안 먹어도 된대.
나	어.
달	의사가 그러더라고.
나	그래?

달	이 창문으로 아파트 단지가 보여.
나	진짜 보이네.
달	우리 아파트랑 꼭 닮았어.
나	정말이네.
달	…지구야.
나	왜?
달	아니야, 아무것도.
나	…다시 건강해지면 우리 같이 놀자.
달	그러자.

달, 눈을 감는다.
천천히 타임시그널이 메아리친다.
이하, 아까의 반 정도 되는 속도로 랩.

나	뭐 할까?
달	뭐 하지?
나	뭐 하고 놀까?
달	뭐 하고 놀지?
나	그네, 시소, 모래밭, 실뜨기
달	미끄럼틀, 훌라후프, 끝말잇기
나	고무줄놀이, 줄넘기, 공기놀이, 깡통차기
달	정글짐, 그림자밟기, 종이접기
나	트럼프, 철봉타기, 술래잡기

달	돌차기놀이, 숨바꼭질, 달리기
나	릴리안, 철봉, 눈싸움
달	공치기, 경찰놀이, 공주놀이
나	앉은뱅이놀이
달	색깔찾기놀이
나	얼음땡놀이
달	인형놀이
나	죽방울 콩주머니
나/달	무궁화 꽃이 피었습니다

달, 멈춘다.
타임시그널의 메아리 CO. 랩 해제.

나   …달아?

16. 광속

타임시그널 4초. 조명 CC. 해질 무렵으로 돌아온다.

언니   (일어나 객석에서) 너희들, 언제까지 놀 거야.

나/달   아!

언니   벌써 50억 년 지났어.

나   뭐어? 벌써 그렇게 지났어?!

언니   다들 너 기다리고 있단 말이야.

나   미안해.

달   …

나   (달에게 소개하듯) 아, 언니.

달   안녕하세요.

언니   안녕하세요.

나   내 친구 달이야.

언니   그래, 자, 빨리 와. (앉는다.)

나	응, 잠깐 기다려. 그럼 안녕.
달	응.
나	내일 봐.
달	내일 봐.
나	바이바이.
달	바이바이.

나와 달, 각자 객석으로.

타임시그널 4초. 조명, 남자&선생님 스포트 CI.

남자	(일어나서) 선생님.
선생님	(일어나서) 그래, 맞아.
남자	저 아직 아무 말도 안 했는데요?
선생님	니가 무슨 생각하는지 알아.
남자	그럼 말해보세요.
선생님	이 눈으로 직접 저 별을 보고 싶다, 이 생각하고 있었지?
남자	맞아요!
선생님	근데 그건 불가능해.
남자	왜요?
선생님	이제 다 끝났으니까.

비트 FI.

남자	이렇게 분명히 보이는데요?
선생님	저렇게 분명히 보이는데도. ●
남자	이렇게 아름답게 빛나는데요?
선생님	저렇게 아름답게 빛나는데도. ●
선생님	저건 빛이 보이는 것일 뿐, 거기에 실체는 없어. ●
선생님	빛을 본다는 건 과거를 본다는 것, 과거를 본다는 것 그 이상도 이하도 아니야. ●
선생님	니가 보고 있는 태양은 지금으로부터 약 8분 전의 태양이고, ●
선생님	니가 보고 있는 달은 지금으로부터 약 1.3초 전의 달이고, ●
선생님	니가 보고 있는 텔레비전은 0.000000001초 전의 텔레비전이고, ●
선생님	내가 보고 있는 넌 지금으로부터 약 20년 전의 나야. ●

기타 CI.

남자	근데 만약에, 제가 이 별을 향해 가면, 어떻게 돼요?
선생님	어떻게도 안 돼. ●
남자	근데 만약에, 별이 있는 장소까지 간다면,

선생님	거기에는 이제 아무것도 없어. ●
남자	근데 만약에, 엄청나게 빠른 속도로 간다면,
선생님	도착하기 전에 소멸할 거야. ●
남자	그 전에 못 가요?
선생님	못 가.
남자	근데 만약에 빛의 속도로,
선생님	광속으로, ●
남자	근데 만약에 광속으로 가면,
선생님	1만 년은 걸릴 거야. ●
남자	근데 만약에, 광속을 초월할 수 있다면,
선생님	광속을 초월하는 건 불가능해. ●
남자	근데 만약에, 광속보다 빨리 갈 수 있다면,
선생님	불가능해. ●
남자	근데 만약에,
선생님	만약은 없어. 광속을 초월할 수는 없어. ●

비트&기타 CO.

남자	…그래요?
선생님	그 망원경 꼭 과학실에 다시 갖다놔.
남자	…알고 계셨어요?

선생님, 원 안으로 걷기 시작한다.

선생님	지금 바로 갖다놓으면 과학 선생님도 용서해 주실 거야.
남자	진짜요?
선생님	그래, 지금이면 한 대로 봐주실 거야.
남자	네….
선생님	늦으면 늦어질수록 체벌의 베리에이션은 풍성해지겠지.
남자	저, 전부터 궁금했는데요, 선생님은 무슨 선생님이세요?
선생님	먼저 태어났다는 의미로 '선생'님이야.
남자	아아.
선생님	나는 너보다 먼저 태어난 너 그 이상도 이하도 아니야.
남자	아, 국어 선생님이셨구나.
선생님	사람이 말을 하면 좀 들어.

선생님, 밥상 옆에 앉는다.

17. 가정방문

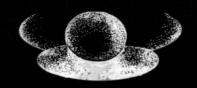

엄마, 객석에서 등장. 조명, 원 안 CI.

엄마　　　　죄송해요, 정말.

선생님　　　아닙니다.

엄마　　　　얘가 어디까지 간 건지.

할머니, 객석에서 등장.

할머니　　　선생님 차 다 드시지 않았니?

엄마　　　　아아, 지금 새로 가져올게요.

선생님　　　아닙니다. 이제 괜찮습니다.

엄마　　　　그래도,

선생님　　　아니에요. 방금 들른 집에서도 많이 마셨거
　　　　　　　든요.

엄마	아아, 그러셨겠어요.
할머니	그럼 배 속이 출렁출렁하겠네.
모두	(웃는다.)
남자	저기요.
선생님	왜?
남자	선생님이 어느 틈에 그 별 속으로 쏙 들어가 버린 것 같은 기분이 들어요.
선생님	그건 기분 탓이 아니야.
남자	네?
선생님	실제로 쏙 들어와 있거든. 그리고 약간 널브러져 있지.
남자	왜요?!
선생님	선생님이 여기 올 일이 그거밖에 더 있어?
남자	네?
선생님	가정방문.

아빠, 객석에서 원 안으로 등장.

아빠	선생님, (술) 좀 하시나요? 센 편이세요?
선생님	아,
아빠	이제 시간도 이렇게 됐으니까 식사하고 가시게 맥주도 내오고,
선생님	아닙니다. 아닙니다.

엄마	안 돼.
선생님	그건 좀, 예.
아빠	왜요. 뭐 어떻니까?
엄마	아이참, 일하고 계시는 거잖아.
아빠	어? 안 돼요?
선생님	예, 앞으로 더 들러야 할 집도 있어서요.
아빠	아–
할머니	난처해하시잖니.
아빠	그럼 한 잔만, 딱 한 잔만 합시다.
선생님	아– 이거 참 곤란하게 됐습니다.
아빠	솔직히 술 좋아하시죠?
선생님	아뇨, 뭐 조금.
모두	(웃는다.)
남자	말도 안 돼. 말도 안 돼. 너무 편하게 계시잖아요!
선생님	그래, 너무 편해.
남자	어, 그래도 어떻게!
선생님	뭐가?
남자	절대 못 간다면서요.
선생님	못 가지.
남자	저한텐 광속을 초월할 수 없다고 하셨잖아요.
선생님	없지.
남자	그건 절대적인 규칙이니까.
선생님	절대적이지.

남자	그런데,
선생님	그래서 내가 말했잖아. 난 규칙을 초월한 사람이라고.
남자	네에?!

언니와 나, 원 안으로.

언니	다녀왔습니다.
엄마	지구야!
나	미안.
엄마	선생님 계속 기다리셨어.
나	잘못했어.
엄마	여태 놀고 있었어?
나	응.
엄마	먼저 손부터 씻고 와.
나	네-

나, 객석으로.

선생님	…
아빠	어떻습니까. 저 녀석 학교생활 잘합니까?
선생님	네.
엄마	무슨 말썽이라도,

선생님	아니요, 가끔 빙글빙글 돌아서 놀래킨 적은 있지만,
아빠	그런 짓을 왜,
선생님	그런데 아주 착한 아이예요.
아빠	그래요? …선생님,
선생님	네.
아빠	잘 부탁드립니다.
선생님	아뇨, 전 그냥 지켜봐주는 것밖에 할 수 있는 게 없으니까요.
아빠	그거면 충분합니다. 잘 지켜봐주세요.
선생님	예.

18. 별똥별

남자   선생님.

조명, 원 안 CO. 가족 스톱.

선생님   어?
남자   이 별은, 이 별들은 마지막에 어떻게 돼요?

선생님, 천천히 객석으로.

선생님   항성은 수소가 다 타버리고 팽창하기 시작할
            거야. 자기 가까이에 있는 별, 예를 들어 수성
            이나 금성을 삼켜버리겠지.
남자   그럼 다른 별은,
선생님   운 좋게 항성에 먹히지 않더라도 증발해. 만

약 항성의 온도가 내려가서 증발을 면한다고 가정해도, 물이나 대기, 식물, 동물, 세상의 모든 것들은 다 날아가고 타버려. 결국 별은 메마른 돌덩어리가 될 거야.

남자　　　그래서,

선생님　　그러고 나면 여열조차 남지 않은 항성은 조용히 빛을 잃고, 눈이 감기듯 천천히 온통 어둠으로 뒤덮이겠지.

남자　　　…선생님.

선생님　　그래, 할 수 있어!

남자　　　저 아직 아무 말도 안 했는데요?

선생님　　나도 해냈어. 그러니까 너도 할 수 있어.

남자　　　네? 그럼,

선생님　　하지만,

남자　　　네?

선생님　　광속을 초월해도, 이 별을 구할 수는 없어.

남자　　　…

선생님　　우리한테 그런 힘은 없어. 그냥 지켜봐줄 수밖에 없어.

남자　　　…

선생님　　무사히 도착한다고 해도 별이 다 타 없어지기 직전에 도착할지도 몰라.

남자　　　…

선생님	그래도 갈 거야?
남자	…갈래요. 전 이 별을 꼭 한번 보고 싶어요.
	이 손으로 만져보고 싶어요.
선생님	그렇게 말했었지. 그럼 너도 광속을 초월할
	때가 온 거야.
남자	네? 그런데 뭘 어떻게 하면 돼요?
선생님	열심히 하면 돼.
남자	열심히…
선생님	우선은 별똥별에 올라타.
남자	별똥별에 올라타라고요?
선생님	그리고 조금 앞으로 나가는 거야.
남(A)	네? 선생님, 별똥별에 어떻게 타요?
선생님	괜찮아. 넌 조금 앞으로 나갔어.
남(A)	네? 무슨 말씀이세요?
선생님	간다. 3, 2, 1.
남(A)	어, 어, 잠깐만요.

타임시그널 4초. 마지막 소리에 맞춰서 단발적인 베이스 드럼 CI.

남자 역, 배우 A에서 배우 C로 옮겨간다.

남(C)	어, 선생님, 갑자기 그러시면 어떻게 해요.
선생님	괜찮아. 넌 조금 앞으로 나갔어.

남(C)   네? 무슨 말씀이세요?

선생님   준비 시작. 3, 2, 1.

남(C)   어, 어, 잠깐만 기다려주세요.

단발적인 베이스 드럼 CI. 남자 역, 배우 C → 배우 D.

남(D)   어, 선생님, 두 번 연속이나 어떻게 해요?

선생님   괜찮아. 넌 또 조금 앞으로 나갔어.

남(D)   네? 무슨 말씀이세요?

선생님   준비 시작. 3, 2, 1.

남(D)   어, 어, 잠깐만 기다려주세요.

단발적인 베이스 드럼 CI. 남자 역, 배우 D → 배우 E.

남(E)   어, 선생님, 세 번 연속이나 어떻게 해요?

선생님   괜찮아. 넌 또 조금 앞으로 나갔어.

남(E)   네? 무슨 말씀이세요?

선생님   준비 시작. 3, 2, 1.

남(E)   어, 어, 잠깐만 기다려주세요.

단발적인 베이스 드럼 CI. 남자 역, 배우 E → 배우 F.

남(F)   어, 선생님, 네 번 연속이나 어떻게 해요?

선생님	괜찮아. 넌 또 조금 앞으로 나갔어.
남(F)	네? 무슨 말씀이세요?
선생님	그리고 계속 뛰어넘는 거야. 4, 3, 2, 1.
남(F)	어, 어, 잠깐만 기다려주세요.

단발적인 베이스 드럼 CI. 남자 역, 배우 F → 배우 G. 이하, 타임시그널 4초로 여섯 명 배역 체인지. A → C → D → E → F → G → A → C → D → ….

선생님	너한테 꼭 해야 할 말이 두 가지 있어.
남자	네?
선생님	그냥 들으면 돼.
남자	뭔데요?
선생님	첫째,
남자	네.
선생님	이 여행은 일방통행이라는 사실.
남자	일방통행.
선생님	시간은 상대적으로 흘러간다. 네가 광속을 초월해 빨리 가면 갈수록, 너 이외의 시간은 빨리 흘러갈 거야.
남자	그게 무슨 말이에요?
선생님	예를 들어서, 너의 1초가 나의 1년이 되는 거야.
남자	그럼 저 별의 시간도,

선생님	물론 빨리 흘러가지. 네가 도착하는 게 빠를까, 별이 타버리는 것이 빠를까? 이건 어떤 의미로 내기야.
남자	이게 무슨,
선생님	나는 그 내기를 견뎌낼 능력이 없었어.
남자	네?
선생님	그리고 둘째, 넌 네가 나아갈 방향을 정해야만 해.
남자	방향?
선생님	다시 말해, 앞으로 나아갈지, 뒤로 나아갈지.
남자	뒤로도 나아갈 수 있어요?
선생님	물론이지. 시험 삼아 뒤를 돌아보지 그래?
남자	어,
선생님	봐. 조금 전의 너야.

단발적인 베이스 드럼 CI. 이하, 4초마다 배역과 시간이 되감긴다.

선생님	(다시 말해) 앞으로 나아갈지, 뒤로 나아갈지.
남자	뒤로도 나아갈 수 있어요?
선생님	물론이지. 시험 삼아 뒤를 돌아보지 그래?
남자	어,
선생님	봐. 조금 전의 너야.

단발적인 베이스 드럼 CI. 되감긴다.

선생님   (그리고 둘째) 넌 네가 나아갈 방향을 정해야
               만 해.
남자   방향?
선생님   다시 말해, 앞으로 나아갈지, 뒤로 나아갈지.
남자   뒤로도 나아갈 수 있어요?
선생님   물론이지. 시험 삼아 뒤를 돌아보지 그래?
남자   어,
선생님   봐. 조금 전의 너야.

단발적인 베이스 드럼 CI. 되감긴다.

선생님   나는 그 내기를 견뎌낼 능력이 없었어.
남자   네?
선생님   그리고 둘째, 넌 네가 나아갈 방향을 정해야
               만 해.
남자   방향?
선생님   다시 말해, 앞으로 나아갈지, 뒤로 나아갈지.
남자   뒤로도 나아갈 수 있어요?
선생님   물론이지. 시험 삼아 뒤를 돌아보지 그래?
남자   어,
선생님   봐. 조금 전의 너야.

단발적인 베이스 드럼 CI. 되감긴다.

선생님   (물론 빨리 흘러가지. 네가 도착하는 것이 빠를까,) 별이 타버리는 것이 빠를까. 이건 어떤 의미로, 내기야.

남자   이게 무슨,

선생님   나는 그 내기를 견뎌낼 능력이 없었어.

남자   네?

선생님   그리고 둘째, 넌 네가 나아갈 방향을 정해야만 해.

남자   방향?

선생님   다시 말해, 앞으로 나아갈지, 뒤로 나아갈지.

남자   뒤로도 나아갈 수 있어요?

선생님   물론이지. 시험 삼아 뒤를 돌아보지 그래?

남자   어,

선생님   봐. 조금 전의 너야.

단발적인 베이스 드럼 CI. 되감긴다.

남자   (그럼 저) 별의 시간도,

선생님   물론 빨리 흘러가지. 네가 도착하는 것이 빠를까, 별이 타버리는 것이 빠를까? 이건 어떤 의미로, 내기야.

남자	이게 무슨,
선생님	나는 그 내기를 견뎌낼 능력이 없었어.
남자	네?
선생님	그리고 둘째, 넌 네가 나아갈 방향을 정해야만 해.
남자	방향?
선생님	다시 말해, 앞으로 나아갈지, 뒤로 나아갈지.
남자	뒤로도 나아갈 수 있어요?
선생님	물론이지. 그리고 나는 후자를 택했어.

되감기 해제. 앞으로 나아간다.

남자	어,
선생님	뒤로 나아가면 나아갈수록 더 옛날이 보여. 별은 소멸하지 않고, 계속 쭉 지켜볼 수 있지. 맞아. 그렇지만 그건 눈속임이야. 그건 별이 아니라 과거를 보는 것 그 이상도 이하도 아니야. 영원히 지켜볼 수 있는 대신, 영원히 이 별과 만날 수 없어.
남자	선생님,
선생님	나는 그걸 너한테 알려주려고 왔어. 자, 넌 어느 쪽으로 갈래?
남자	…근데 그건 앞으로 가라고 암묵적으로 말하

	고 계신 거잖아요.
선생님	부정하지는 않을게.
남자	'앞'을 선택해야만 하는 분위기인 거죠, 지금?
선생님	부정하지는 않을게.
남자	네에….
전	자, 넌 어느 쪽으로 갈래?
남자	…그럼 앞이요.
전	잘 선택했어!
남자	네?!
선생님	토 달지 말고.

타임시그널이 2초 간격이 된다. 2초마다 배역 체인지.

선생님	자, 더 속도를 높이자.
남자	어어,
선생님	스윙바이swingby.
남자	스윙바이?
선생님	여기서부터는 별의 힘을 빌린다!
남자	별의 힘?
선생님	별에 가까이 가서 인력을 이용해 가속하는 거야.
남자	네?
선생님	새총이랑 같은 원리야. 준비 시작. 3, 2, 1.

남자   어, 어, 잠깐만 기다려주세요.

타임시그널 1초, 배역 체인지.

선생님   별에 다가가 회전, 가속
남(A)   별에 다가가
남(C)   회전, 가속
남(D)   별에 다가가
남(E)   회전, 가속
남(F)   별에 다가가
남(G)   회전, 가속

타임시그널 1/2초, 배역 체인지.

선생님   별에 다가가 회전, 가속
남(A)   별에
남(C)   다가가
남(D)   회전
남(E)   가속
남(F)   별에
남(G)   다가가
남(A)   회전
남(C)   가속

143

남(D)		별에
남(E)		다가가
남(F)		회전
남(G)		가속

타임시그널 1/4초, 배역 체인지.

선생님　별에 다가가 회전, 가속
남(A)　별
남(C)　에
남(D)　다가
남(E)　가
남(F)　회
남(G)　전
남(A)　가
남(C)　속
남(D)　별
남(E)　에
남(F)　다가
남(G)　가
남(A)　회
남(C)　전
남(D)　가

남(E) 속

타임시그널 1/8초.

남(F) 별
남(G) 에
남(A) 다가
남(C) 가
남(D) 회
남(E) 전
남(F) 가
남(G) 속

전원, 남자가 된다.

전 난 별에서 별로 날아간다!

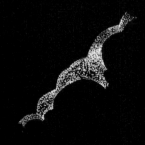

19. 스윙바이

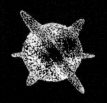

비트 CI.
속도가 빨라진 타임시그널에 피아노로 연주되는 타임시그
널이 겹친다.

남자	인력		
할머니		회전	
엄마			가속
선생님			한 번 더!
아빠	인력		
달		회전	
언니			가속
선생님			한 번 더!
남자	인력		
할머니		회전	

엄마	가속
선생님	한 번 더!
아빠	인력
달	회전
언니	가속
선생님	한 번 더!
남자	빨라진다
할머니	징 소리 내는 고동
엄마	빨라진다
아빠	징 소리 내는 고동
달	빨라진다
언니	징 소리 내는 고동
남자	빨라진다
할머니	징 소리 내는 소리
전	코다마 열차✦
달	시속 210킬로미터
전	히카리 열차✦✦
언니	시속 270킬로미터
전	노조미 열차✦✦✦

✦ 신칸센. '메아리'라는 뜻이다.
✦✦ 신칸센. '빛'이라는 뜻이다.
✦✦✦ 신칸센. '소망'이라는 뜻이다.

남자	시속 300킬로미터		
전	제트기		
할머니	시속 1100킬로미터		
전	소리		
엄마	시속 1225킬로미터		
전	콩코드		
아빠	시속 2160킬로미터		
전	세계 최고속 항공기		
달		시속 1만 2114킬로미터	
엄마	빨라진다		
아빠	징 소리 내는 고동		
달	느려진다		
언니		징 소리 내는 소리	
남자		빨라진다	
할머니		징 소리 내는 고동	
엄마		느려진다	
아빠			징 소리 내는 소리
남자전체	100년은 1분으로		
여자전체		1년은 1초로	
남자	더 빨리		
할머니	더 빨리		
아빠		더 빨리	
전		더 빨리	

달	아음속subsonic
언니	천음속transonic
남자	초음속supersonic
할머니	극초음속hypersonic
전	하이퍼소닉
여자전체	1만 년은 1분으로
남자전체	100년은 1초로
엄마	더 빨리
달	더 빨리
언니	더 빨리
전	더 빨리
전	인공위성
남자	시속 1만 6000킬로미터
전	스페이스 셔틀
할머니	시속 2만 8800킬로미터
전	아폴로 우주선
엄마	시속 3만 9000킬로미터
전	보이저 1호
아빠	시속 6만 1000킬로미터
전	공전
달	시속 10만 킬로미터
전	빛
언니	초속 30만 킬로미터

남자	내가 소리를 따라잡는다
할머니	내가 빛을 따라잡는다
엄마	소리가 나를 따라온다
아빠	빛이 나를 따라온다
선생님	모든 것이 네 뒤로 멀리
전	모든 것은 내 뒤로 멀리
남자	별똥
할머니	별
엄마	가속
달	별똥
언니	별
아빠	가속
여자전체	거긴 소리도 없고
남자전체	빛도 없는 세계
선생님	눈을 감지 마, 한 눈 팔지 마
남/할/엄	똑바로 앞을 봐
아/달/언	똑바로 별을 봐
전	뛰어넘어, 뛰어넘어
남자	몇만 광년의 시간을, 거리를,
전	아무것도 아냐, 뛰어넘어
남자전체	아무것도 안 들려
여자전체	아무것도 안 느껴져
전	나는 나를 따라잡았다

조명 CC. 여름. 남자 이외, 객석으로.

남자만 망원경을 들여다보고 있다.

베이스 CI. 가속된 타임시그널은 사라지고, 이후 쭉 피아노
에 의한 타임시그널 소리가 난다.

이하, 랩으로.

남자   여름, 낮, 매미, 여름방학. 가방을 메고 여행을 떠
              난다.

              주먹밥, 물병, 지도, 컴퍼스. 내가 모르는 곳으로.

              한 번도 본 적 없는 곳으로.

              자전거 페달을 밟는 나. 땀이 난다. 매미가 운다.

              태양이 눈부시다. 공기가 살랑거린다.

              강이 흐른다. 숲이 흔들린다. 풀 향기가 난다. 아
              스팔트는 검게 탄다.

              하늘은 파랗다. 어디까지고 파랗다. 그 하늘을 향
              해 이어지는 긴 언덕.

              한 번도 본 적 없는 것 같은, 긴 (x12) 언덕 위에
              내가 서 있다.

              땅을 찬다. 자전거는 천천히 언덕을 내려가기 시
              작한다.

남자, 점점 몸을 자유롭게 하며, 원의 중심으로.

남자	천천히, 천천히 스피드를 올린다.
	천천히, 천천히 스피드를 올린다. 바람이 닿는다.
	점점, 점점 언덕을 내려간다. 점점, 점점 가속한다. 가속한다.
	페달이 돌아간다. 바퀴가 돌아간다. 타이어가 돌아간다. 돌고 돌아 눈이 팽 돈다.
	나는 무서워서 눈을 감으려고 한다.
전	눈을 감지 마. 한눈팔지 마.
남자	빨라진다. 빨라진다. 소리, 사라진다. 풍경이 녹는다. 아무것도 보이지 않게 된다.
	바람이 분다. 강한 바람이 분다. 야구 모자가 바람에 날아간다.
	핸들을 꾹 쥔다. 손에 땀이 밴다. 페달이 돈다. 자전거가 요란하다.
	가속가속가속가속가속. 더 빨리. 더 빨리. 더 빨리. 더 빨리.
	몸이 가벼워진다. 중력에서 해방된다. 모든 것으로부터 해방된다.
	돌고래가 된다. 제비가 된다. 바람이 된다. 빛이 된다. 별이 된다.
	나는 지금 우주에서 제일 빠르다. 그리고 그대로 하늘을 난다.

조명 CO. 암전. 남자, 사라진다. 객석에도 그의 모습은 보이지 않는다.

비트 CO. 베이스는 남는다. 이하, 특별한 표기가 없는 한 베이스 소리는 계속 난다.

20. 2층 침대

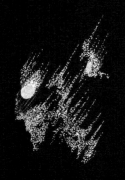

조명 FI. 나와 언니, 원 안으로.
나, 서 있다. 언니, 벌러덩 누워 있다.

나   언니.

언니   …

나   언니.

언니   …

나   나 기분이 이상해.

언니   가만히 좀 있어. 너 안 잘 거야?

나   잠을 잘 수가 없다니까.

언니   난 졸리거든.

나   배가 근질근질해.

언니   싸우고 있어서 그래.

나   어?

언니	쪼그만 거랑 쪼그만 게.
나	내 배 속에서?
언니	니 배 속에서.
나	전쟁이다.
언니	전쟁. 전쟁.
나	어떡하지?
언니	가만 두면 돼. 어차피 전멸할 거니까.
나	뭐라고?
언니	근데 너네 담임 결혼했어?
나	안 했을걸.
언니	아, 그래?
나	왜?
언니	그냥.
나	왜? 뭔데.
언니	시끄러. 잘 자.
나	언니.
언니	…
나	…있잖아 너무 신기한 느낌이 들어. 시간이 점점 빨라지는 거 같아.
언니	누가 움직이고 있으니까 그렇지.
나	누가?
언니	모르지. 우리가 자고 있을 때도 세상은 돌거든.
나	(하품을 한다.)

언니	뿌옇지?✦
나	응?
언니	졸리지?
나	아니.
언니	그만 하고 자.
나	아직 안 자.
언니	무슨 고집이야.
나	하나도 안 뿌예.
언니	거짓말.
나	내가 자면 끝나버리잖아.
언니	잠꼬대하니?

사이.

나	…언니.
언니	왜?
나	나 미웠어?
언니	미웠…던 적도 있었어.
나	왜?
언니	왜긴. 시끄럽지, 멍청하지, 짜증나게 하지, 원숭이같이 생긴 게.

✦ 일본어로 '연기가 자욱하다'와 '졸리다'의 발음이 비슷하다.

나   너무해.

기타 CI. 천천히 비트 FI. 이하 랩으로.

언니   처음 니 얘길 들었던 그날은 가슴이 두근거려서
           한숨도 잘 수가 없었어.
           난 누나가 되는 걸까, 언니가 되는 걸까. 언닐까,
           누날까. 나한테 동생이 생긴다니.
           남동생도 좋지만 진짜로 솔직히 여동생이었으면
           했었어.
           같이 놀고, 과자도 먹고, 만화책 읽고, 노래도 부
           르고,
           공부도 하고, 머리도 묶어주고, 그랬으면 좋겠다고
           쭉 생각했어.
나   와-
언니   여자애란 걸 알게 된 그날은 진짜로 너무너무 기
           뻐서
           연습장에 크레파스로 너랑 내 그림을 그렸어.
나   보고 싶다.
언니   근데 그건 딱 니가 태어날 때까지. 태어나고 나니
           까 너무 싫었어.
나   어?
언니   자꾸 울지, 시끄럽게 굴지, 오줌 싸지,

내 물건 뺏어가지,

욕심부리지, 자기 멋대로 하려고만 하지, 엄마 뺏

어가지,

내 뒤만 졸졸 따라오지, 말은 죽어도 안 듣지,

그런 주제에 정은 많아가지고 자꾸 달라붙으려고

하지.

나　　　　…

언니　　　상상했던 거랑 달라. 하나도 안 귀여워.

그래서 같이 있는 게 너무너무 창피했어.

나, 어느샌가 누워 있다.

나　　　　…미안.

언니　　　됐어. 뭘.

나　　　　미안해.

언니　　　이젠 익숙해졌어.

나　　　　익숙해졌어?

언니　　　너한테 기대를 한 내가 바보였지.

나　　　　그럼 지금은 나 좋아, 싫어?

언니　　　좋고 싫고가 어딨어, 가족인데.

나　　　　그런가?

언니　　　내 옷 입으면 죽을 줄 알아.

나　　　　…왜.

기타&비트 CO. 랩 해제.
나, 자고 있다.

언니   …이불 잘 덮고 자야지.
나   …더워.
언니   바람 불어.
나   …응?
언니   감기 들어.
나   …

엄마, 객석에서 원 밖으로.

엄마   여태 안 자니?
언니   이제 잘 거야.
엄마   지구는?
언니   자.
엄마   그래, 이불 잘 덮고 자.
언니   네-

언니, '나'의 위에 포개어 잔다. 원에는 23시 59분이 표시되
도록 한다.

21. 우리별

아빠, 원 밖으로.

아빠   자?

엄마   자.

아빠   그래.

나   (뭐라고 웅얼웅얼 말한다.)

아빠   …무슨 꿈꾸나 본데?

엄마   생일 꿈이라도 꾸나?

아빠   아아, 그러네. 그런가 봐.

엄마   내일은?

아빠   어어, 똑같지.

엄마   응.

아빠   똑같지, 뭐.

기타 CI. 이하 랩으로.

아빠와 엄마의 위치가 대각선이 되도록 원 밖을 걸으면서,

아빠   잠에서 깨어, 몸을 일으키고, 세수하고,

　　　　　밥을 먹고, 이를 닦고, 넥타이 매고,

　　　　　현관문 열고, "다녀올게" 하고,

　　　　　개찰구를 지나, 전철에 몸을 실어, 손잡이 붙들고,

　　　　　경치 바라보고, 회사로 들어가서 인사하고,

　　　　　출근 카드 찍고, 커피 마시고,

　　　　　일하고, 일하고, 일하고, 도시락 먹고,

　　　　　일하고, 일하고, 일하고, 일하고,

　　　　　야근하고, 퇴근 카드 찍고, 개찰구를 지나,

　　　　　전철에 몸을 실어, 손잡이 붙들고,

　　　　　경치 바라보고, 깜빡한 사이

　　　　　역 하나 지나쳐 밤길을 급한 발걸음으로,

엄마   잠에서 깨서, 식구들 깨우고, 도시락 싸고,

　　　　　밥을 푸고, 구두 닦고, 넥타이 건네고,

　　　　　현관문 열어서, "잘 다녀와" 하고,

　　　　　설거지하고, 베란다 나가서, 이불 털고,

　　　　　경치 바라보고, 빨래하고, 청소하고,

　　　　　가계부 쓰고, 홍차 마시고,

　　　　　일하고, 일하고, 일하고, 낮잠 자고, 일하고,

　　　　　빨래 걷어오고, 저녁 메뉴 정하고,

아빠	슈퍼마켓 타임세일 맞춰서, 장 보러 나가고,
	아줌마들이랑 수다 떨고,
	시계보고 놀라 얼른 집에 와, 밥 짓고,
	목욕물 받고, 상 차려서 가족들 기다리고,
	도보 11분, 철근 콘크리트 10층짜리,
	아파트 단지 역 앞에서 집 앞까지 이어지는,
	이 가로수 길을 걷고 있다.
	지금까지 나는 이 길을 몇 번이나 걸었을까?
	그리고 앞으로 나는 이 길을 몇 번이나 더 걸을까?
	상점가, 편의점, 공원을 지나면 멀리서 보이는,
	위에서 세 번째, 왼쪽에서 아홉 번째,
	아래에서 일곱 번째, 아무리 멀리서 봐도 아는,
	오늘도 불빛이 환히 켜 있는,
	저기야말로 우리 집, 우리별,
	오늘도 별은 빛나고 있다.
엄마	도보 11분, 철근 콘크리트 10층짜리,
	아파트 단지 현관에서 거실까지 이어지는,
	이 짧은 길을 걷고 있다.
	지금까지 나는 이 길을 몇 번이나 걸었을까?
	그리고 앞으로 나는 이 길을 몇 번이나 더 걸을까?
	상점가, 편의점, 공원이 창밖으로 멀리 보이는,
	위에서 세 번째, 왼쪽에서 아홉 번째,
	아래에서 일곱 번째, 아무리 멀리서 봐도 알게,

오늘도 불빛을 환히 켜놓고,

여기야말로 우리 집, 우리별,

오늘도 별은 빛나고 있다.

비트 CI.

아빠와 엄마, 이하 동시에 한 번 더.

아래의 대사 동안, 천천히 형광등과 작은 밥상이 등장한다.

아빠   잠에서 깨어, 몸을 일으키고, 세수하고,

         밥을 먹고, 이를 닦고, 넥타이 매고,

         현관문 열고, "다녀올게" 하고,

         개찰구를 지나, 전철에 몸을 실어, 손잡이 붙들고,

         경치 바라보고, 회사로 들어가서, 인사하고,

         출근 카드 찍고, 커피 마시고,

         일하고, 일하고, 일하고, 도시락 먹고,

         일하고, 일하고, 일하고, 일하고,

         야근하고, 퇴근 카드 찍고, 개찰구를 지나,

         전철에 몸을 실어, 손잡이 붙들고,

         경치 바라보고, 깜빡한 사이

         역 하나 지나쳐 밤길을 급한 발걸음으로,

아빠   도보 11분, 철근 콘크리트 10층짜리,

         아파트 단지 역 앞에서 집 앞까지 이어지는,

         이 가로수 길을 걷고 있다.

지금까지 나는 이 길을 몇 번이나 걸었을까?

그리고 앞으로 나는 이 길을 몇 번이나 더 걸을까?

상점가, 편의점, 공원을 지나면 멀리서 보이는,

위에서 세 번째, 왼쪽에서 아홉 번째,

아래에서 일곱 번째, 아무리 멀리서 봐도 아는,

오늘도 불빛이 환히 켜 있는,

저기야말로 우리 집, 우리별,

오늘도 별은 빛나고 있다.

엄마	잠에서 깨서, 식구들 깨우고, 도시락 싸고,
	을 푸고, 구두 닦고, 넥타이 건네고,
	현관문 열어서, "잘 다녀와" 하고,
	설거지하고, 베란다 나가서, 이불 털고,
	경치 바라보고, 빨래하고, 청소하고,
	가계부 쓰고, 홍차 마시고,
	일하고, 일하고, 일하고, 낮잠 자고, 일하고,
	빨래 걷어오고, 저녁 메뉴 정하고,
	슈퍼마켓 타임세일 맞춰서, 장보러 나가고,
	아줌마들이랑 수다 떨고,
	시계보고 놀라 얼른 집에 와, 밥 짓고,
	목욕물 받고, 상 차려서 가족들 기다리고,
엄마	도보 11분, 철근 콘크리트 10층짜리,
	아파트 단지 현관에서 거실까지 이어지는,
	이 짧은 길을 걷고 있다.

지금까지 나는 이 길을 몇 번이나 걸었을까?

그리고 앞으로 나는 이 길을 몇 번이나 더 걸을까?

상점가, 편의점, 공원이 창밖으로 멀리 보이는,

위에서 세 번째, 왼쪽에서 아홉 번째,

아래에서 일곱 번째, 아무리 멀리서 봐도 알게,

오늘도 불빛을 환히 켜놓고,

여기야말로 우리 집, 우리별,

오늘도 별은 빛나고 있다.

비트&기타 CO. 랩 해제.

엄마, 멈춰 서서 아빠를 맞이해준다.

아빠   다녀왔어.

엄마   어서 와.

아빠   전철에서 깜빡 졸다 하나 더 갔어.

엄마   어머, 피곤한 거 아냐?

아빠   괜찮아. 밥은?

엄마   해놨지요.

아빠   응.

엄마   바로 차려줄게.

아빠   애들은?

엄마   어?

아빠   애들은 있어?

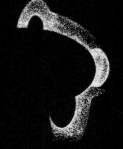

| 엄마 | 당연히 있지, 뭘 물어? |
| 아빠 | 그렇지? |

아빠와 엄마, 원 안으로.

| 엄마 | 지구야, 지구야. |

22. 내일

엄마	(밥상을 두드리며) 지구야, 이제 그만 좀 일어나.
나	…어, 나, (언제 잠든 거지?)
할머니	명이 다 된 거 아니니?
아빠	아, 벌써 명이 다 됐나?
언니	수명. 수명.
엄마	어? 어머님, 명이 다 되셨어요?
할머니	나 말고.
아빠	텔레비전. 텔레비전.
엄마	아아, 난 또.
할머니	어째 좀 불만인 거 같다? 난 하루는 더 살 거거든.
아빠	진짜요?
언니	오늘은 어디 대 어디야?
아빠	지구 대 태양.

언니	누가 이겨?
전	태양.
엄마	자, 그럼-
전	안녕히 주무세요.
할머니	우체국 영감, 내일이면 진짜 끝인 거 같더라.
엄마	어머, 그래요?
할머니	타버릴 거래.
나	(망원경을 만지려고 한다.)
엄마	아유, 지구야.
나	(그만둔다.)
아빠	정말로 계속 보네.
나	응, 아빠- 나 새거 사줘.
아빠	새거?
나	더 잘 보이는 거 사줘.
아빠	바로 얼마 전에 사준 거잖아.
나	더 더 훨씬 크게 보고 싶어. 아빠, 밥 먹고 사러 가자.
언니	안 되는 거 뻔히 알면서 그런다.
나	왜 안 돼, 나 생일인데?
언니	내일이잖아.
나	왜? 괜찮지? 나 갖고 싶어.
엄마	안 돼. 내일까지 참고 기다려.
언니	거 봐라.

나	아앙, 뭐 어때.
언니	우리 텔레비전 새로 사자.
엄마	텔레비전?
언니	응, 이제 아무것도 안 나온단 말이야.
아빠	그렇네.
언니	요즘엔 광통신까지 딸린 게 나왔어.
엄마	필요없어. 평범한 걸로 충분해.
언니	에이, 이왕 사는 거 제일 좋은 게 좋지.
엄마	그것보다 냉장고가 급하지. 6000도가 될 테니까.
할머니	맞아.
언니	에이, 냉장곤 필요 없어.
엄마	니들이 붙여놓은 스티커가 끈적하게 남아서, 그걸 또 할머니가 시너로 지우려고 했다가 하나도 안 지워지고 너덜너덜해져서, 드라이어로 뜨겁게 하면 된다고 하길래 내가 해봤더니 갈색으로 그을기만 하고, 거기다가 태양까지 가까이 와서 완전히 새까맣게 타버렸단 말이야, 지저분하게시리.
가족	태양…
아빠	그런 거 다 살 돈 없다.
언니	소닉이 유행하면 좋겠다. 그럼 우리도 부자 될 텐데.

169

엄마	유행 안 해, 그런 거.
나	그럼 어떻게 하면 내일이 와?
엄마	안 와.
나	어?

사이.

엄마	내일은 이제 안 올 거야.
나	…아, 그런가?

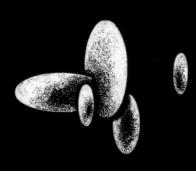

23. 전화

전화 소리 CI.

언니   전화 왔다.
나   내가 받을래.
언니   야.
나   여보세요?

나, 원 밖으로.
조명, 선생님 스포트 CI. 비트&기타 CI. 베이스 전조.
이하 랩으로.

선생님   여보세요.
나   여보세요-?
선생님   선생님이다.

나	여보세요?
선생님	마지막 전화야.
나	여보세요?
선생님	내 말 좀 들어.
나	여보세요--?
선생님	지금 광속을 초월한 언젠가의 내가
	그쪽으로 가고 있어. 너를 만나러 가고 있어.
나	여보세요. 안녕하세요-
선생님	시간 맞춰서 도착할 수도 있고,
	도착 못 할 수도 있어.
나	헬로우.
선생님	이제 조금 있으면 난 너를 볼 수 없게 돼.
나	여보세요. 들려요?
선생님	나는 너무 뒤로 와버린 것 같아.
나	거기는 어디예요?
선생님	우주의 끝.
나	여기는 지구예요.
선생님	이제 끝이야.
나	여보세요-
선생님	니가 보이지 않을 때까지 나는 널 지켜볼 거야.
나	여보세요. 괜찮으세요?
선생님	니가 보이지 않게 되면 나도 동시에 사라지겠지.
나	안녕하세요. 내 말 들려요?

선생님	언젠가의 내가 시간에 맞춰 도착하면,
	잘 부탁해-

조명 CO. 이후, 선생님은 쭉 자리에서 서서 보고 있다.
전화 소리&비트&기타 CO. 베이스 원래대로. 랩 해제.

엄마	누구야?
나	아무 소리도 안 들렸어.
언니	잘못 건 전화 아냐?
나	그런가 봐.

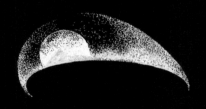

24. 미러볼

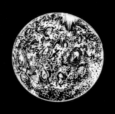

할머니, 조명&음향 부스를 올려다보며,

할머니   오늘은 보름달이네.

언니   진짜다.

아빠   잘도 반짝이네.

엄마   태양이 가까워졌으니까.

할머니   눈이 다 부셔.

나   어? 어디? 어디?

언니   저기.

조명, 부스 CI. 달, 부스에 있다.

달이 가지고 있는 것은 아까 가지고 있던 것보다 몇 배는 더 큰 미러볼.

미러볼에 조명이 닿아 극장이 플라네타리움처럼 반짝인다.

전자피아노 CI. 베이스 전조.

나   달아!
달   지구야!
나   와- 너무 예쁘다.
달   고마워.
나   그게 뭐야?
달   이거?
나   응.
달   이건, 지구 네가 그때 넣은 빛이 반사해서 점
        점 커지고 부풀어 올라 흘러넘친 빛.
나   엄청나다!
달   응.
나   정말 눈 깜빡하는 사이였어.
달   그치?
나   깜빡해버려서 어쩔 수가 없었어.
달   맞아.
나   미안.
달   아냐, 나도.
나   …달아.
달   왜?
나   너무 멀어졌다.
달   응.

나	이제 쉽게 만나지도 못하겠네.
달	그래도 언제 또 같이 놀자.
나	응…, 뭐 할까?
달	뭐 하지?
나	뭐 하고 놀까?
달	뭐 하고 놀지?
나	소꿉놀이?
달	좋다.
나	소꿉놀이하자.
달	소꿉놀이하자.
나	그럼,
달	100억 년 전 타임캡슐에 몰래 넣었지만 아무도 읽지 못한 채 타버린 편지,
나/달	라는 소꿉놀이!

25. 편지

비트&스트링즈strings CI. 베이스 전조.

이하 랩으로.

달
지구에게. 잘 지내니? 난 잘 지내, 아마.

지구 너랑 방금 전까지 놀고 지금 막 헤어졌는데

이렇게 너한테 편지를 쓰니까

너무 이상한 기분이 들어.

너는 지금 뭐 하고 있어? 나는 편지를 쓰고 있어.

라니 당연한 말을. 아, 벌써 쓸데없이

네 줄이나 써버렸어.

지금부터 100억 년 후, 우리는 뭘 하고 있을까?

지금부터 100억 년 후, 세계는 어떻게 돼 있을까?

지금부터 100억 년 후에도 사이좋게 지내면

좋을 텐데.

있잖아 너한테 하고 싶은 말이 있었는데
결국 못 했어.
쭉 말해야지 말해야지 했는데 하지 못했어.
그게, 부끄러워서. 용기가 나지 않아서.
내일은 잘 말할 수 있을까.
내일은 잘 말했으면 좋겠는데.

지구야, 그때 말 걸어줘서 고마워.
지구야, 그때 아폴로 줘서 고마워.
그날이 없었으면 난 분명히 늘 외톨이였을 거야.
여태까지 쭉 그렇게 생각했어.
그날부터 그렇게 생각했어.

내일 말 못 하면 모레, 모레 말 못 하면 글피,
또 그다음 날, 또 그다음 날, 다음 주, 다음 달,
다음 해, 다음 세기,
그런데 어쩌면 나 끝까지 말 못 할지도 몰라.
그러니까 만약을 위해서 이 편지에 적기로 했어.

니가 여기다 소금이랑 가지랑 오이랑 생강이랑
쌀겨 넣고

푹 절이자는 말을 꺼냈을 땐 내가 너무 놀라서,

음식은 상하니까 절대 안 된다고 했지만,

너한테는 비밀로 하고 이 아폴로를 넣고 싶어. 미안.

오늘 밤은 달이 정말 예뻐.

분명히 내일 날씨는 맑을 거야.

너랑 내일 타임캡슐 묻으러 가는 게 기대돼. 달이.

조명, 부스 CO, 원 안 CC. 일상으로 돌아온다.

비트&스트링즈 CO. 베이스 원래대로.

랩 해제.

26. 카운트다운

언니	꽤 살았다. 그치?
아빠	그렇네.
할머니	때도 많이 탔네.
엄마	이사 올 땐 그렇게 깨끗했던 집이.
아빠	바닥도 상하고.
엄마	문에 벽지도 찢어지고.
할머니	먼지도 나고.
나	이사 가자.
외	어?
나	새로운 데로 이사 가면 되잖아.
엄마	어디로?
나	…그러게.
엄마	갈 데가 없잖아.
아빠	그렇지.

엄마	그래.
나	근데 어떻게 타?
할머니	양달이 커지거든.
나	양달?
언니	태양 말씀하시는 거야.
할머니	그래.
언니	나 그거 배웠어.
나	뜨거워?
할머니	뜨거워.
나	아–
언니	참아. 내가 먼저 타니까.
나	정말?
언니	그래, 내가 언니니까.
나	그렇구나…. 뜨거울까?
할머니	뜨겁지.
나	열 나는 거처럼?
엄마	여름이 오는 것처럼.
나	여름이다.
아빠	쭉 여름.
나	늘 여름.
할머니	언제까지고 여름.
나	저기,
가족	왜?

나   …손 잡아도 돼?

가족   그럼.

조명, 원 안 CO, 객석등 CI.

스태프   오늘 〈우리별〉을 보러 와주셔서 대단히 감사
            드립니다. 이제 곧 공연이 끝납니다. 지금부
            터 약 4초 후 조명을 끄도록 하겠습니다. 양해
            부탁드립니다. 4, 3, 2,

조명, 객석등 CO. 암전.

스태프   저희 공연은 이제 약 5분 정도를 남겨놓고 있
            습니다. 중간에 쉬는 시간은 없습니다. 마지
            막까지 좋은 시간 보내시길 바랍니다. 그럼
            지금부터 약 10초 후에 공연을 다시 시작하겠
            습니다. 4, 3, 2,

베이스 CO.

타임시그널   "오전 0시 정각을 알려드립니다."

타임시그널, 4초.

27. 지구 멸망

조명, 원 안 CI.

비트&베이스&기타&전자피아노 CI.

남자 이외, 오프닝 때와 같은 위치. 남자 부분만 공백이 된다.

전원이 원 밖으로 원주를 따라 돌면서,

아/엄/할/언 0년

선/나/달　　　　　0시

아/엄/할/언　　　　　　　　0분

선/나/달　　　　　　　　　　　0초

엄마　　　　　　　　　　　　정각을 알려드리겠습니다.

아/엄　　　생일 축하해!

외　　　　　축하해! 어, 누구? (누구 생일이야?)

나　　　시간

언니　　　　공간

달	희망	
할머니	실망	
선생님	목소리	
	(안 들려)	
아/엄	생명	
나/언		우리
전		해피 버스데이 투 미
나	세계	
언니	한계	
달	관계	
할머니	붕괴	
선생님	만남	
	(다툼)	
아/엄	여행	
나/언		우리
전		해피 버스데이 투 미
나	빛	
언니	어둠	
달	소망	
할머니	고통	
선생님	메아리	
	(침묵)	
아/엄	마을	

나/언	우리
전	해피 버스데이 투 미
아/엄/선/할	탄생
나/언/달	도쿄
아/엄/선/할	축하해요
나/언/달	도쿄
아/엄/선/할	탄생
나/언/달	도쿄
아/엄/선/할	축하해요
나/언/달	도쿄

비트 CO. 전원 스톱.

아/엄   다음 역은 도쿄, 도쿄, 내리실 때에는 주의하
                시기 바랍니다.

비트 CI. 전원, 다시 걷기 시작한다.

나	우에노
언니	이케부쿠로
달	신주쿠
할머니	시부야
선생님	고탄다

(시나가와)

아/엄　　　　　　　　　타마치

나/언　　　　　　　　　　　오카치마치

전　　　　　　　　　　　　　해피 버스데이 투 미

선생님　　　이것이 지구의 끝입니다. 지금부터 약,

50억 년 후,

지구는 이렇게 사라집니다.

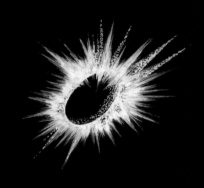

28. AM000000

엄/할	하얀 커튼 **천**			
아/언		**천**장의 얼룩		
선생님			**밥상**	
엄/할			부엌	
언니				물소리
나	노트			
	（교과서）			
언니	책가방			
나	도시락**통**			
달		**통**필**통**		
선생님		**통**약**통**		
할머니			**통**바느질**통**	
전				**통**
엄마			하고 열리는 냉장고 문	

언니   에는 오늘의 식단

나   스티커

선생님   자석

전   휭–

                   (구부러진 철근)

아빠   콘크리트 10층짜리 아파트 단지

나   많이 있었어

달   많이들 있었지

나   많이 살았어

달   많이 죽었지

나   단무지 절임

아빠   쌀밥에 된장국

할머니   낫토

언니   말린 정어리

엄마   알람 시계

달   알람 시계

할머니   빗자루

전   경보기

아빠   귀이개

선생님   손톱깎이

                (병따개)

엄마   밥통

할머니   세탁기

아빠   식기

언니   건조기

나/달   3시의 간식은 핫케이크

전   경보기

언니   소리가 **들리다**

아빠   **들려오**는 목소리가 **들리다**

엄마   **들려오**는 아마기 고개가 들리다

전   사라진다

할머니   산이 **타오른다**

언니   **타오르**는 바다가 **타오른다**

아빠   **타오르**는 숲이 **타오른다**

선생님   **타오르**는 별이 **타오른다**

                （**타오르**는 니가 불타올라）

전   사라진다

   （타오르는 별빛이 **불에** 탄다）

엄마   **불에 타**는 쓰레기 버리는 날

언니   일

아빠   월

나   화

          （수）

할머니   목

엄마   금

선생님   토

달   일

언니   월

아빠   화

나   수

             (목)

할머니   금

엄마   토

선생님   일

달   월

언니   화

아빠   수

나   목

             (금)

할머니   토

엄마   일

선생님   월

달   화

언니   수금지화목토천해명

아빠   금지화목토천해명

나   지화목토천해명

          (목토천해명)

할머니   토천해명

엄마   천해명

선생님   해명
달   명

아빠부터 한 사람씩 손으로 박자를 만든다.

아빠   출퇴근 지하철 특급열차 급행열차
엄마   밥하고 빨래하고 집안일 살림살이
언니   추천 입학 내신 등급
할머니   신경 천식 류머티즘 폐렴
달   스위밍 스쿨 10급 확정
선생님   추정 출화 원인 판명
전   유성 낙하 시간 근접
아/할   돌도 돌아
달/언   빙글빙글 돌아
선   돈다
나/엄   눈이 팽글팽글
아/할   돌고 도는 날들
달/언   빙글빙글 돌아
아/할   돌리고 돌려
나/언/엄   회전목마
아/할/선   눈이 핑핑 돌아
달/언/나/엄   눈이 안 떠져
아/할/선   눈이 지끈거려

달/언/나/엄	눈을 뜬다
전	눈을 뜬다
아/엄	굿 모닝
언/할	굿 애프터눈
선/달	굿 이브닝
나	잘 먹겠습니다
아/엄	잘 먹었습니다
언/할	다녀오겠습니다
선/달	잘 다녀오세요
나	처음 뵙겠습니다
아/엄	안녕히 계세요
언/할	다녀왔습니다
선/달	어서 와
나	잘 자
전	돈다
아/할/선	24 곱하기 7
엄/언/나/달	곱하기 365 나누기 7
아/할	돌고 돌아
달/언	빙글빙글 돌아
선	돈다
나/엄	눈이 팽글팽글
아/할	한 장 한 장 찢기는 달력
달/언	빙빙 돌아

아/할   돌리고 돌려
나/언/엄   회전목마
아/할/선   눈이 팽 돌아
달/언/나/엄   눈을 감는다
아/할/선   눈을 감는다
달/언/나/엄   눈을 뜨지 않는다
전   이제 눈을 뜨지 않는다
나   숨 막혀 죽는다
달   굶어 죽는다
아빠   열이 올라 죽는다
엄마   얼어 죽는다
할머니   물에 빠져 죽는다
언니   말라 죽는다
선생님   깔려 죽는다
나   떨어져 죽는다
달   병으로 죽는다
아빠   암으로 죽는다
엄마   영양실조로 죽는다
할머니   깔려 죽는다
언니   전사한다
선생님   자연사한다
나   자살한다
아/엄/선/할   타 죽는다

193

나	산소 부족으로 소멸한다
달	식량난으로 소멸한다
아빠	온난화로 소멸한다
엄마	빙하기로 소멸한다
할머니	해면상승으로 소멸한다
언니	물 부족으로 소멸한다
선생님	운석 충돌로 소멸한다
나	대형 지진으로 소멸한다
달	신종 바이러스로 소멸한다
아빠	오존층 파괴로 소멸한다
엄마	석유 고갈로 소멸한다
할머니	인구 증가로 소멸한다
언니	핵전쟁으로 소멸한다
선생님	뭔가 소멸한다
나	자기 스스로 소멸한다
나/언/달	태양 팽창으로 소멸한다
아/엄/선/할	탄생
나/언/달	멸망
아/엄/선/할	탄생
나/언/달	멸망
전	안녕 바이바이, 내일 봐
아/엄/선/할	탄생
나/언/달	멸망

아/엄/선/할 탄생

나/언/달   멸망

전   안녕 행성아, 내일 봐

엄/할   검은 커튼 **천**

아/언   **천**장의 연기

선   **밥상**

엄/할   상중

언니   물소리

나   노트
            (교과서)

언니   책가방

나   도시락**통**

달   **통**필**통**

선생님   **통**약**통**

할머니   **통**구급상자**통**

전   **통**

엄마   하고 열리는 냉장고 문

언니   에는 오늘의 식단

나   스티커

선생님   자석

전   횡-

아빠   구부러진 철근 콘크리트 10층짜리 아파트 단지

나   많이 있었어

195

달	많이 놀았지		
나		많이들 있었어	
달			많이들 사라졌지
나	데운 술에 완두콩		
아빠	오징어구이 문어 구이		
할머니	볶음밥		
언니	볶음국수		
엄마	닭꼬치		
선생님		쓰레받기	
달	고등어구이		
할머니	빗자루		
전	경보기		
아빠	소화기		
선생님	손가락 걸기		
	(링거)		
엄마	세면대		
할머니	혈액		
아빠	청소기		
언니		장례식	
나/달	3시의 간식은 핫케이크		
전	경보기		
언니	소리가 **사라진**다		
아빠	**사라지**는 비명 소리가 **사라진**다		

엄마   **사라지**는 아마기 고개가 들리다

전   사라진다

할머니   산이 **사라진다**

언니   **사라진** 바다가 사라**진**다

아빠   **사라진** 숲이 **사라진**다

선생님   **사라진** 별이 **사라진**다

전   사라진다

        (사라진 별빛이 **돌고** 돈다)

엄마   **돌고** 도는 세월

언니   일

아빠   월

나   화

          (수)

할머니   목

엄마   금

선생님   토

달   일

언니   월

아빠   화

나   수

                    (목)

할머니   금

엄마   토

197

선생님   일

달   월

언니   화

아빠   수

나   목

                               (금)

할머니   토

엄마   일

선생님   월

달   화

언니   **수금지화목토천해명**

아빠   **금지화목토천해명**

나   **지화목토천해명**

            (목토천해명)

할머니   **토천해명**

엄마   **천해명**

선생님   **해명**

달   **명**

한 사람씩 손으로 박자를 만든다.

아빠   물 폭탄 원자폭탄 전쟁 개시

엄마   수자원 고갈 유전 고갈

언니	세균 바이러스 확대 만연
할머니	심근 경색 질병 발생
달	혜성 충돌 붕괴 문명
전	인류 전멸 절대 절명
선생님	수금 증발 태양 팽창
전	생명 전멸 절대 절명
남자	혹성 사라진다, 빛의 세계로

비트&베이스&기타&전자피아노 CO.

타임시그널 "0시 3분 30초를 알려드립니다."

남자, 자전거를 타고 등장. 원 밖으로 원주를 따라 질주.
비트&베이스&기타&전자피아노&스트링즈 CI.
쿠치로로의 노래 가사에 맞춰 노래한다.

남자 전원	1초, 또 1초
여자 전원	눈물이 한 방울, 또 한 방울
남자 전원	흘러내리고, 빠른 리듬이 흘러
여자 전원	세계를 적시고, 그 무게의
남자 전원	임계점, 시간을 넘어
여자 전원	역사를 바꾸고, 세계 속으로 흩어져
남자 전원	내 안으로, 너의 안으로

여자 전원	뉴욕에서는 오전 11시
남자 전원	방콕에서는 저녁 10시
여자 전원	그리니치는 오후 4시
전	도쿄에서는 저녁 8시(낮 공연의 경우, 오후 3시)

남자, 자전거에서 내려와 그들 사이로 들어간다.

남자   보통 깨어 있는 나, 보통 자고 있는 너,

                         나는 너를 생각하고, 너는 내 꿈을 꿔.

이하, 전원 원을 만들어 춤추면서,

전   째각째각 내 깜빡이는 눈꺼풀

                         째각째각 거리의 소음

                         째각째각 바람의 속삭임, 반짝이는 별빛

                         모든 것이 차곡차곡 겹쳐서

                         신비로운 음악이 지금 들린 것 같은 기분이야

                         째각째각 내 깜빡거리는 눈꺼풀

                         째각째각 잠든 너의 숨소리

                         수만 년 전의 빛, 반짝이는 별빛

                         모든 것이 차곡차곡 겹쳐서

                         신비로운 음악이 오늘 밤도 이 별을 안아줘

이상, '00:00:00'라는 곡의 가사 인용(작사: 미우라 코시).

여자 전원   죽어가는 내가 보고 있는 거야?

남자 전원   응.

여자 전원   보고 있는 내가 태어나는 거야?

남자 전원   응.

여자 전원   태어나는 내가 보고 있는 거야?

남자 전원   응.

여자 전원   보고 있는 내가 죽어 가는 거야?

남자 전원   응.

여자 전원   죽어가는 내가 태어나는 거야?

남자 전원   응.

나   죽어가는 내가 **보고 있어**

언니   **보고 있는** 내가 태어나

달   **태어나는** 내가 **보고 있어**

엄마   **보고 있는** 내가 **죽어가**

나   **죽어가는** 내가 태어나

아/엄   생일 축하해!

외   축하해! 어, 누구?(누구 생일이야?)

나와 남자 이외, 한 명씩 춤을 추면서 멀어져 사라진다.

사람 수가 줄어들 때마다 원은 작아진다.

또 악기도 하나씩 사라져 타임시그널만 남는다.

나	시간
언니	공간
달	희망
할머니	실망
선생님	목소리
남자	안 들려
아/엄	생명
나/언	우리
나	세계
언니	한계
달	관계
할머니	붕괴
선생님	만남
남자	다툼
아/엄	여행
나/언	우리
나	빛
언니	어둠
달	소망
할머니	고통
선생님	메아리
남자	침묵
아/엄	마을

나/언	우리
아/엄/선/할 멸망	
나/언/달/남 도쿄	
아/엄/선/할	축하해요
나/언/달/남	도쿄
아/엄/선/할 멸망	
나/언/달/남 도쿄	
아/엄/선/할	축하해요
나/언/달/남	도쿄
아/엄	이번 역은 종점 도쿄, 도쿄, 내리실 때에는 주의하시기 바랍니다.
나	우에노
언니	이케부쿠로
달	신주쿠
할머니	시부야
선생님	고탄다
남자	시나가와
아/엄	타마치
나/언	오카치마치
전	해피 데스데이 투 미

나와 남자, 둘만 남겨진다.
조명은 형광등만 남아 있다.

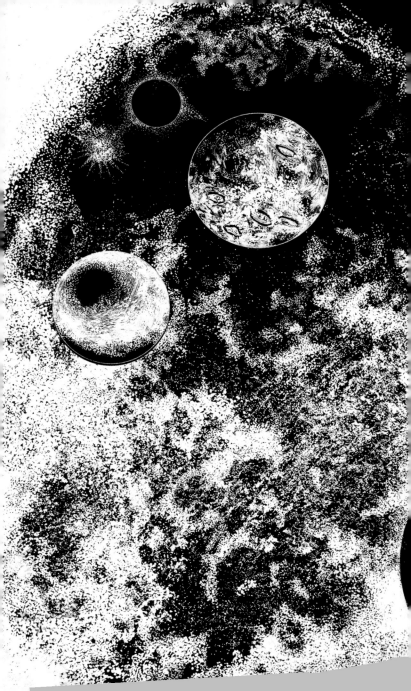

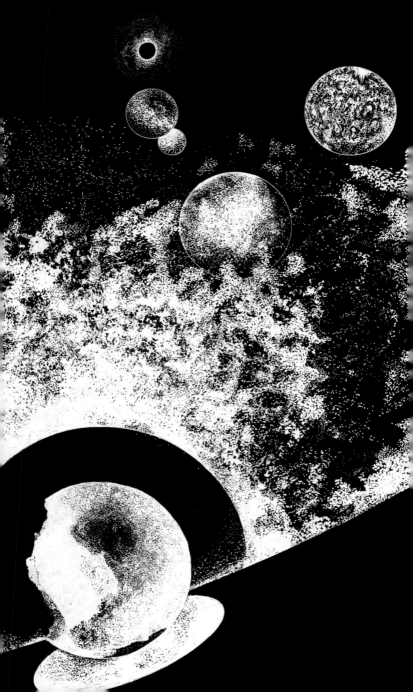

29. 흑성 소멸

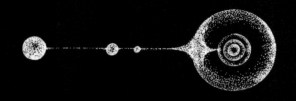

타임시그널이 작게 들린다.

나   안녕하세요.

남자   안녕하세요.

나   처음 뵙겠습니다.

남자   처음 뵙겠습니다.

나   오늘, 내 생일이야.

남자   그렇구나.

나   응.

남자   축하해.

나   고마워. 근데…

남자   왜?

나   거기서, 내가 보여?

남자   잘 보여.

나	어떻게 보여? 나, 웃고 있어? 울고 있어?
남자	빛나고 있어.
나	아아, 그렇구나. 근데…
남자	왜?
나	이거, 나 죽을 때 얘기야?
남자	응.
나	알고 있었어?
남자	알고 있었어.
나	어떻게?
남자	쭉 보고 있었으니까.
나	쭉 보고 있었구나.
남자	100억 년 동안 쭉 보고 있었으니까.
나	쭉 보고 있어줬구나.

나, 하품.

남자	졸려?
나	응, 뿌예졌어.
남자	그래?
나	내가 잠들 때까지 보고 있어줄래?
남자	그래.
나	고마워, 그럼.
남자	응.

나, 형광등에서 내려오는 줄을 잡는다.

나　　　　　잘 자.

나, 줄을 당긴다. 형광등과 타임시그널이 꺼진다.
암전. 침묵.

우리별

1판 1쇄 찍음 2023년 3월 10일
1판 1쇄 펴냄 2023년 3월 24일

지은이 시바 유키오
옮긴이 이홍이
그린이 신동철
펴낸이 안지미

펴낸곳 (주)알마
출판등록 2006년 6월 22일 제2013-000266호
주소 04056 서울시 마포구 신촌로4길 5-13, 3층
전화 02.324.3800 판매 02.324.7863 편집
전송 02.324.1144

전자우편 alma@almabook.by-works.com
페이스북 /almabooks
트위터 @alma_books
인스타그램 @alma_books

ISBN 979-11-5992-376-0 04800
ISBN 979-11-5992-244-2 (세트)

알마는 아이쿱생협과 더불어 협동조합의 가치를 실천하는 출판사입니다.